DISCURSO DE TODOS LOS DIABLOS, O INFIERNO EMENDADO

FRANCISCO DE QUEVEDO

Y SÉASE PRÓLOGO O PROEMIO QUIEN QUISIERE

Estos primeros renglones, que suelen, como alabarderos de los discursos, ir delante haciendo lugar con sus letores al hombro, píos, cándidos, benévolos o benignos, aquí descansan deste trabajo, y dejan de ser lacayos de molde y remudan el apellido, que por lo menos es limpieza.

Y a Dios y a ventura, sea vuesa merced quien fuere, que soy el primer prólogo sin tú y bien criado que se ha visto u lea, u oiga leer. Este tratado es de todos los diablos; su título: El Infierno emendado. No se canse vuesa merced en averiguar lo uno ni en disputar lo otro; que ya oigo a los pelmazos graduados el «no puede ser»; que enmendarse sumitur in bonam partem, y el infierno.. .; ergo remito la solución a Lucifer, que él dará cuenta de sí, pues en cosa tan menuda se atollan tan reverendas hopalandas y un grado tan iluminado y una barba tan rasa. Esta es de mis obras la quintademonia, como la quitaesencia. No se escandalice del título; créame y hártese de infierno vuesa merced, que podría ser diligencia para excusarle. Si le espantare, conjúrele y no le lea, ni le dé a los diablos, que suyo es. Si le fuere de entretenimiento, buen provecho le haga; que aquél sabe medicina que los venenos hace remedios; y agradézcame vuesa merced que por mí le enseñan los demonios que a todos tientan. Si vuesa merced juese murmurador, sería otro tanto oro, que a puras contradicciones y advertencias me daría a conocer, y no ha de haber Zoilo, ni invidias ni mordaz, ni maldiciente, que son el Sodoma y Gomorra, Datán y Avirón de la paulina de los autores. Y si fuere título quien leyere estos renglones, tráguese la merced y haga cuenta que topó con un señor de lugares por madurar, o con un hermano segundo que no se pide prestado; que suelen rapar a navaja tas señorías.

CHISTE A LOS BELLACOS PÍCAROS

CON QUIEN HABLO

Tacaños, bergantes, embusteros, perversos y abominables: todo lo escrito en este discurso habla con vuestras vidas, muertes, costumbres y memorias: no hay que rempujar nada hacia tos buenos.

Lo que han de hacer es no tomarlo ninguno por sí, sino unos por otros; y con esto ellos quedarán por quien son, y mi libro será bienquisto de los propios que abrasa y persigue; y porque no me antuvie alguno, tomo por mí lo que me toca, que no es poco ni bueno.

Dios los confunda, si perseveran.

Soltáronse en el infierno un Soplón, una Dueña y un Entremetido, chilindrón legítimo del embuste; y con ser la casa de suyo confusa, revuelta y desesperada y donde nullus est ordo, los demonios no se conocían ni se podían averiguar consigo mismos; los condenados se daban otra vez a los diablos; no había cosa con cosa, todo ardía de chismes, los unos se metían en las penas de los otros.

Mirad quién son entremetidos, dueñas y soplones, que pudieron añadir tormento a los condenados, malicia a los diablos y confusión al infierno. Lucifer daba gritos, y andaba por todas partes pidiendo minutas y juntando cartapeles. Todo estaba mezclado, unos andaban tros otros, nadie atendía a su oficio, todos atónitos.

El Soplón dijo a Lucifer que había muchos diablos que no salían al mundo y se estaban mano sobre mano, y que otros no habían vuelto mucho tiempo había. La Dueña, por otra parte, andaba con un manto de hollín y unas tocas de ceniza, de oreja en oreja, metiendo cizaña. Decía que mirase por sí Satanás; que había conjura para quitarle el diablazgo, y que entraban en ella dos tiranos, tres aduladores, médicos y letrados, mitad y mitad, y un casi ermitaño.

No le quedó color al gran demonio cuando oyó decir el casi ermitaño.

Parecióme a mí que lo daba todo por perdido

Calló un rato, y luego dijo:

—¿Ermitaño, letrados, médicos, tiranos? ¡Qué confección para reventar una resma de infiernos con una onza!

En esto que iba a visitar su reino, vio venir a sí el Entremetido.

—Esto me faltaba —dijo Lucifer—. ¿Qué quieres contra mí? Y empezó a mosquearse dél con toda su persona: mas él venía vaciándose de palabras y chorreando embustes. Díjole muy allá lo de que algunos trataban de huirse del infierno, y que otros querían dar puerta franca para que entrasen unos mohatreros y hipócritas, con que el mundo estaba rogando a los demonios, y otras cosas, que si no se huye por no le sufrir, lo anega en embelecos y en cláusulas.

Viendo Lucifer el alboroto forastero de su imperio, y advertido destos peligros, con su guarda y acompañamiento (que le sobran tudescos y alemanes para ella después que Lutero y Calvino ladraron las almas de los ultramontanos), empezó la visita de todas sus mazmorras, para reconocer prisiones, presos y ministros.

Iba delante el Soplón, haciendo aire, que atizaba y encendía sin alumbrar.

La Dueña, en zancos de fuego, se siguía, atisbando (como dicen los pícaros) todo lo que pasaba.

El Entremetido, mirando a todas partes, no dejaba anima sin gesto y reverencia.

A cuál decía:

—Bésoos las manos.

A cuál:

—¿Es menester algo?

Voseábase con los precitos, llamábase de tú con los verdugos y los dañados; a cada cortesía de las suyas decían: «Oxte», más recio que a la llamarada. —Más quiero fuego —decía una.

Otra le llamaba añadidura a las penas; otra, sobregüeso del castigo.

Estaba un testigo falso entre infinita caterva delios, en lugar más preeminente que todos, hecho maestro de falsos testimonios como de capilla.

Llevábales el dicho como el compás, y todos juraban a un son. Tenían los ojos en las faldriqueras, mirando, lo que no vían, y en la cara por los ojos dos bolsas de fuego.

Y así como vio al Entremetido, dijo el maestro:

—Por no verte me vine al infierno; y si advirtiera en que éste había de venir acá, fuera bueno, no por salvarme, sino por ir donde no podía entrar.

En esto estábamos, cuando oímos gran tumulto de voces, armas, golpes y llantos mezclados con injurias y quejas. Tirábanse unos a otros, por falta de lanzas, los miembros ardiendo; arrojábanse a sí mismos, encendidos los cuerpos, y se fulminaban con las propias personas.

No se puede representar tan rigurosa batalla.

Uno andaba disparándose a todos; parecía emperador: la cabeza tenía coronada de laurel; el cuerpo, lleno de heridas; el cuello, lleno de sangre.

Estaba cercado de consejeros, que, con almaradas afiladas en leyes, mal se defendían de su rabiosa furia y cruel enojo.

Llego a él Lucifer, y dando un trueno que hizo temblar todo el infierno, le dijo:

—¿Quién eres, alma, aún aquí presumida?

—Yo soy —le respondió— el gran Julio César; y después que se desbarató y mezcló tu reino, di con Bruto y Casio, los que me mataron a puñaladas con pretexto de la libertad, siendo persuasión de la invidia y cudicia propia destos perros, el uno hijo y el otro confidente. No aborrecieron estos infames el imperio, sino el emperador. Matáronme porque fundé la monarquía; no la derribaron, antes apresuradamente ellos instituyeron la sucesión della. Mayor delito fue quitarme a mí la vida que quitar yo el dominio a tos letrados, pues yo quedé emperador y ellos traidores; yo fui adorado del pueblo en muriendo, y ellos fueron justiciados en matándome.

—Perros —decía la grande alma de Julio César—, ¿estaba mejor el gobierno en muchos senadores que lo supieron perder, que en un capitán que lo mereció ganar? ¿Es más digno de corona quien preside en la calumnia y es docto en la acusación, que el soldado gloria de su patria y miedo de los enemigos? ¿Es más digno de imperio el que sabe leyes, que el que las defiende? Éste merece hacerlas, y los otros estudiarlas. ¿Libertad es obedecer la discordia de muchos, y servidumbre atender el dominio de uno? ¿A muchas cudicias y ambiciones juntas llamáis padres, y al valor de uno tiranía? ¡Cuánta más gloria será al pueblo romano haber tenido un hijo que la hizo señora del mundo, que unos padres que la hicieron con guerras civiles madrastra de sus hijos! Malditos, mirad cuál era el gobierno de los senadores, que habiendo gustado el pueblo de la invención de la monarquía, quisieron antes Nerones, Tiberios, Calígulas y Eliogábalos que leyes y senadores.

En esto Bruto, con voz turbada y rostro avergonzado, dijo a gritos:

—¡Ah, senadores!, ¿no oís a César? ¿Esa maldad añadís a las otras contra el príncipe, siendo autores de la maldad: culpar a quien os creyó? Hablad responded, consejeros, con vosotros habla el divino Julio. Tales sois, que yo y Casio fuimos traidores porque os creíamos ignorando que vosotros siempre anheláis a que vuestro ceño y vuestras barbas y lo prolijo de vuestras togas tengan la obediencia y el mando, y el príncipe el peligro. Si en las repúblicas, multiplicando dominios, ejercéis la soberanía, la cudicia de repetir la primera dignidad os hace negociar y no regir, o la consideración de la suerte alternativa os amedrenta, para disgustar al que puede tener alguno capaz del mismo puesto por pariente o amigo. Si asistías a príncipe, de tal manera empináis vuestro oficio, y tanto autorizáis vuestra vanidad, que le viene a ser más peligroso al monarca no obedeceros, que al vasallo no obedecer al monarca. ¿Qué pretendistes con vuestro engaño o nuestra traición? Responded a César; que nosotros padecemos castigo en nuestras afrentas, Uno de los senadores, que sepultado en ascuas enfadaba a las penas, con sobrecejo severo, muy ponderado de facciones, con voz desmayada y trémula, dijo:

—¿Qué habláis los príncipes, si Ptolomeo, rey, mató vilmente al gran Pompeyo por tu causa, a quien debía el reino que tenía? ¿Qué delitos fue en los consejeros matarte a ti para cobrar los reinos que nos arrebataste? ¿Desquitar a Pompeyo es maldad? Júzguenlo los diablos. Achillas mató al Magno por mandato de su rey, y era un bergante que comía de sus delitos. Más infame fuiste tú, que viendo la cabeza de Pompeyo lloraste; más traidor fue tu llanto que su espada; sentimiento mandado fue el tuyo; de la piedad hiciste venganza; más atroz fuiste mirándole muerto que venciéndole vivo: ojos hipócritas no han de estar en la primera cabeza del mundo;

nosotros empezamos la restauración con tu muerte; no apresuramos la venida de Nerón; el pueblo no supo escoger. Tal fuiste, tirano, que tu sangre salieron, como de imperio hidra, de una cabeza cortada, doce.

Tornáranse a embestir si Lucifer no mandara con amenazas que César se fuera a padecer los castigos de su confianza, despreciadora de avisos y advertencias, y a Bruto y Casio invió a que fuesen escándalo de las almas políticas, y a los senadores repartió entre Minos y Radamanto, para que fuesen asesores de los demonios.

Y nombrando infinitos buenos consejeros en todos los tiempos, los atormentaban, y cada letra de sus nombres era un tizón para aquellos malditos senadores, serpientes que, a imitación de Lucifer, dan a los cudiciosos lo que Dios les vedó y ya ley les niega; y dividió en chancillerías el infierno.

Cuando entendieron que todo estaba acabado, asomaron por un cerro unos hombres corriendo tras unas mujeres; ellas gritaban que las socorriesen, y ellos decían:

—Ténganlas.

Mandólos Lucifer asir.

—¿Qué es esto? —preguntó.

Y uno dellos, muy asustado, dijo:

—Somos los padres sin hijos, y estas bellacas . . .

Díjole un diablo sumiller dellas que hablase más bien criado y verdad, que padres sin hijos no podía ser. Él replicó:

—Pues todos nosotros somos padres, que fuimos en el mundo casados, hombres de recato, de los de «en mi casa me como», y otras hidalguías celosas, cartujos de alojamiento, atusados de visitas, calvos de amigas, que son todos los calzadores con que una frente calza el cuerno que la revienta en las sienes. Con esto nos echamos a dormir; cada año nos nacen hijos que criamos; por sustentarlos rozamos nuestras almas, y, a pura condenación, arañamos qué dejarlos. Y ahora, habiendo muerto ellas, se ha sabido que los hijos fueron concebidos a escote entre los criados y los amigos, y algunas concibieron, como comadrejas, por el oído.

En esto salió un maridillo, que parecía cabo de hombre como de hacha, muy cercenado de carnes, con unas barbas de orozuz mascado, la habla entre ladrido y cinfonía, que parecía que había comido gozques, y dijo:

—¡Voto a N, infame, que me has de desempadrar! Yo he sido ayo del hijo de mi negro; un real sobre otro me han de volver mi legítima. Y yo, que nunca entendí que hiciera la infame pecados tintos, teniendo tanto mozuelo moscatel en qué escoger, echaba la culpa a los frailes, de que estoy arrepentido. Y era que la bellaca, para encantusarme, todos los días se iba al convento: decía que a confesar. Yo me volvía loco, y al mismo negro le decía: «Domingos, voto a N., que yo no sé dónde peca tu ama esto que confiesa cada día, ni con quién lo peca .» Y el negro, riéndose, con una jeta de un palmo, respondía: «Mi alma con la suya.» Y esto sonaba alabanza, y era pulla.

—Bien mirado, bueno es —decían todos los padres güeros—, que un hombre pasase su vida sufriendo una preñada regalando una parida, tragando un niño, pagando un bautismo, sufriendo amas, oyendo taíta, llorando de risa por las barbas abajo de que dijo coco, mama; y desto estamos corridos, que andábamos contando por las casas: «Mi hijo dijo hoy putenor pare. ¡Hay tal cosa! Ha de ser grande hombre.» Y vive Dios, que pareciéndose a bulto nuestros hijos a sus padres, nos decían las malditas: «A fe que no niegue a su padre.» Hijo de padre si lloraba, hijo de padre si reía.

Y nosotros, la boca abierta y el moco tan largo, comprando babadores y dijes, y ahora nos hallamos en los infiernos condenados cuquillos. No ha de pasar así.

Fuéles mandando que se retirasen a padecer su credulidad; lleváronlos al Jarama del infierno.

Gran revolución se vía en una sima muy honda, de almas y diablos. Paróse la visita a entender lo que era; no se vio tal cosa en el infierno.

Estaban atormentándose unos presumidos y otros vengativos y algunos invidiosos: «Si yo volviera a nacer; si yo volviera a la vida; si muriera de dos veces.»

Los demonios estaban tan enfadados de oírlo, que les decían:

—¡Ladrones, embusteros, infames, que estáis quebrándonos las cabezas con si volviérades a nacer! Si volviérades a nacer mil veces, cada vez tronárades a morir peor, y a palos no os podremos echar de aquí. Mas, para que se vea quién sois, ya tenemos orden para que volváis a nacer. ¡Ea, picaños, alto a nacer, alto a nacer! Cosa extraña, que los malditos que tanto lo blasonaban, así como oyeron decir «alto a nacer», se consumieron, y afligidos y tristes se sepultaron en un silencio medroso.

Unos dellos, que parecía más entendido, con mucho espacio, suspenso de cejas, empezó a decir:

—Si me han de engendrar bastardo, hay pecado y concierto y paga y alcagüeta y tercera parte como casa. Si ha de ser de legítimo matrimonio, ha de haber casamentero y mentiras y dote, que son epítetos, y no dos cosas. Yo he de estar aposentado en unos riñones, y dellos, con más vergüenza que gusto, diciendo que se hagan allá los orines, he de ir a ser vecino de la necesaria; nueve meses he de alimentarme del asco de los meses; y la regla, que es la fregona de las mujeres, que vacía sus inmundicias, será mi despensera; andaré sin saber lo que me hago; antes de ver, lleno de antojos; para nacer traeré más dolores que el mal francés; saldré revuelto en la sábana de la posada, como quien da madrugón; lloraré porque nací; viviré sin saber qué es vida; empezaré a morir sin saber qué es muerte; envolveráme la comadre en mantillas, que me la jurarán de mortaja; enjugaré los pechos de un ama. Aquí entra lo de tener la leche en los labios; pónenme en una cuna; si lloro llaman al coco; si duermo me cantan:

con la grande polvareda...

»La mu llaman al sueño las mujeres, y el mu al que se duerme; pónenme un babador, cuélganme dijes, nácenme los dientes. Voto a N; por no aguardar eso, y unas viruelas y el palomino muerto, y que no me rasque: «Ay, el angelicos», y «A ro, ro», me esté en los infiernos siempre jamás. ¡Pues qué, si paso del sarampión, y ya mayor voy a la escuela en invierno, con un alambique por nariz, tomados todos los cabos del cuerpo con sabañones, dos por arracadas, uno a la jineta en el pico de la nariz, dos convidados a comer y cenar en los zancajos, llamando señor al maestro; y si tardo me toman a cuestas, y como si el culo aprendiera algo o le encomendaran al lición, le abren a azotes! Maldito sea quien tal quiere volver a nacer.

»Pues consideraos mancebos, acechados de la lujuria dc las mujeres en toda parte y sitiados de su apetito, haciendo vuestras vidas y vuestras almas alimento de su desorden. ¿Ahora había yo de volver allá a calzar justo y andar mirándome a la sombra, trotando con los ojos las azuteas y los terrados, suspirando dc noche, hecho mal agüero en competencia de las lechuzas, abrigando esquinas, recogiendo canales, adorando cabellos, y dando mi patrimonio por la cinta de un zapato, y llamar favor que me pidan lo que no tengo? volver a! ¡Oh, maldito sea, sobremaldito, quien tal quiere repasar! Pues qué, ya hombre, cargado de cuidados, entre arrepentimientos y desengaños, empezando a sentir el montón de las enfermedades que la mocedad acaudaló, haciendo el noviciado para viejo, mandando entresacar capas al barbero, que mejor se puede llamar canario, introduciendo en jordán la navaja, diciendo que son lunares y achacándoselas a los trabajos, negando años a pasar de la jaqueca y dolor de muelas y ijada! ¡Pues qué se compara con haber de ser forzosamente hipócrita de miembros, y decir, cayéndome a pedazos: «Nunca estuve para más; yo lo haré; aquí me las tengo», y otras cosas que cuestan caro a los que las dicen! Mas todo es burla con haber de estar enamorado y solicitar en competencia de los muchachos, retar a toda una mujer entera, y dejarla más amagada que harta, habiendo gastado la noche en achaches y en disculpas y en requiebros vacíos, y ser forzoso ponerme colorado de que digan:

«Días ha que nos conocemos, amigo viejo»; y otras cosas así. Quien por esto pasare dos veces, puede echar a diablos con cuantos lo son. ¡Pues qué si la vida adrede porfía hasta que uno envejezca, y le labra de calavera, con calva de pie de cruz, cáscara de nuez por pellejo, jiba de requiem, muletilla que vaya llamando a las sepulturas, sueño en pie, vejiga empedrada, y el músito de braguero que se sigue luego, que canta pronósticos, astrólogo de orinal; espiado de herederos, rondado de responsos, heredad de médicos, ocupación de barberos y alegrón de boticarios, llamándome tío los labradores, agüelo los muchachos! Infierno vale más una ven que barriga dos. ¡Pues la gentecilla que hay en la vida y las costumbres! Para ser rico habéis de ser ladrón, y no corno quiera, sino que hurtéis para el que os ha de invidiar el hurto, para el que os ha de prender, para el que os ha de sentenciar y para que os quede a vos. Si queréis ser honrado, habéis de ser adulador y mentiroso y entremetido. Si queréis medrar, habéis de sufrir y ser infame. Si os queréis casar, habéis de ser cornudo. Si no lo queréis ser, lo seréis (si os descuidáis) sin parte, y donde se pudiere. Para ser valiente, habéis de ser traidor y borracho y blasfemo. Si sois pobre, nadie os conocerá; si sois rico, no conoceréis a nadie. Si uno vive poco, dicen que se malogra; si vive mucho, que no siente. Para ser bienquisto, habéis de ser mal hablado y pródigo. Si se confiesa cada día, es hipócrita; si no se contiesa, es hereje; si es alegre, dicen que es bufón; si triste, que es enfadoso. Si es cortés, le llaman zalamero y figura; si descortés, desvergonzado. ¡Válate el diablo por vida y por vivo! No volviera por donde vine, por cuanto tienen el mundo. Renegados precitos, habiéndome oído, ¿hay alguno de vosotros que quiera volver al nacer por donde vino, y recular la vida hasta el vientre de su madre?

—Nones, nones —decían todos—: infierno y no mama; diablos y no comadres.

Sólo uno, mal encarado, barbinegro, cara salpicada y zurdo, dijo:

—Yo quiero volver, no por tornar a vivir, sino porque me estoy atormentando aquí con la memoria de los pícaros y mentirosos y enredadores, que en la vida me contaban mentiras, y yo, de puro cortés callaba, y ellos quedaban muy ufanos de que yo los había creído. Voto a N, que no creía a nadie nada, y piensan los bribones guiñapos que los creí. Don Fulano, que me dijo muy estirado de cejas: «Por la misericordia de Dios, señor mío, puedo decir que en mi vida he pedido nada a nadie»; y el ladrón decía verdad, porque pedía algo; que nada no se pide; y porque él no pedía, sino tomaba; era una demanda con don y tenía más deudas que Eva, y nadie le prestó dineros que no prestase paciencia, y era a puras trampas ratonera, y decía que no. ¡Pues la muchacha, que me dijo que era doncella, habiendo tenido más barrigas que un corro de pasteleros, y, habiendo parido la procesión de las amas, y me quería hacer creer que era virgo, siendo ella cáncer y yo escorpión! Y el tenderete, vendiéndome fidalguía, más grave que mil quintales, y más cansado que yo dél, me decía que todos los otros eran judíos, y sé yo que su padre se murió de asco de un torrezno, y que su merced anda de mala con la Pascua de Resurrección, y que en los caniculares echa en remojo toda su casa porque no se le encienda, y que clava una espina a diez pasos de un Ecce Horno, y él piensa que se le pueden fiar paternostres molidos; y voto a N, que sé yo que guarda su dinero y la ley de Moisén. Él dice que espera un hábito, yo digo que al Mesías. Pues el bellaco, pícaro, chancero, que con su «a Dios gracias» por empuñadura, muy entornado de ojos, con su cabeza torcida remendando su intención, me decía: «Yo, señor, me como tres mil ducados de renta limpios de polvo y de paja, éstos sin joyas y menaje y algún contantejo, y todo es de mis amigos; que a mí no me engorda sino lo que doy: que si hoy cobrase lo que me deben...; mas al fin... Y entre chillido y suspiro remataba sacudiendo los güesos a manera de temblor. Pensó el mohatrero ganapán que yo lo entendí así; y otros mil infiernos padezca vos si, cuando me lo estaba diciendo, no me daban vuelcos de susto dos reales que tenían en la faldriquera, de miedo de sus embestiduras, y que rezumaba de mientes por los ojos. Sé yo que si le prestan las espadas todas, no tendrán vuelta, con decir que no hay ninguna sin ella; y aun el día de San Antón, en su poder no tendrá vuelta lo que le dan: aunque sea viejo, nunca es traído, sino llevado. Él no paga nada, mas todo lo pagará con las setenas. Vendióseme el picarillo muy acicalado de facciones, muy enjuto de talle, muy recoleto de traje, pisador de lengua, haciendo gambetas con las palabras y corvetas con las cejas, cara bulliciosa de gestos y misteriosa de ceño, por gran ministro, hombre severo, y de lo que llaman de adentro, plática de arriba. Decíame: «¿Qué hay de nuevo por este lugar?», porque yo dijese: «¿Quién lo sabe como vuesa merced?» Y al punto, muy esparrancado de ojos, decía: No hay sino dejar de correr, Dios lo remedie, que tal y cual, lo del camino carretero; sí por sí, no por no»; y al decir «ello dirá,, ponía una boquieta escarolada, como le dé Dios la salud, y zurcíame un embuste a cada oreja cada día: «Harto estoy de decirlo; mi parecer dije, y con eso cumplo; lo demás Dios lo haga; pues esto no es nada; presto se verán grandes cosas.» Y hablaba unas palabras con la barriga a la boca, de puro preñadas. Yo las oía en figura de comadre; y, con tanto, se despedía de mí, diciendo: «Si algo se ofreciere, amigos tenemos arriba; ya vuesa merced sabe qué sabe Caratulilla, matachín de palacio, títere de arriba como

Caramanche!» Lo que yo sabía era que andabas remendando privanzas, y contrahaciendo validos, y copiando ministros, pasando a escuras favores chanflones entre pretendientes y pleiteantes, imitando lisiones por lisonjear, y todo el año trasladando de los poderosos y validos ajes, barbas, meneos, tonillos, figuritas y escorzados, apareciéndote por las escaleras, entrándote en las audiencias, y siendo para todo el lugar fin de paulina. Éste tengo en los güesos; que no me le sacarán con unciones. Déjenme volver al mundo, andaréme tras este muñeco hecho de andrajos de toda visión, diciendo a gritos a los que se llegan a él: «Ox, que no pica»; y no lo dejen por decir, que siendo condenado no he de ir a hacer tan buena obra a todos; que yo no lo hago sino por hacérsela muy mala a él y derrengalie la hipocresía.

Entretenidos tuvo esta gente a todos.

Estábase Satanás embobado oyéndolos.

Vino el Soplón, abanico del infierno, resuello de las culpas, y dijo a

Lucifer señalándosele:

—Aquel demonio que allí va despeado, acaba de llegar del mundo, y ha veinte años que no ha venido.

Mandóle llamar; llegó muy congojado.

—¿Cómo te has atrevido —le preguntó— al faltar de aquí tanto tiempo, sin venir a dar cuenta, ni traer alma alguna ni avisar de nada, y diablo me soy?

El diablo le dijo que no le reprehendiese antes de oírle; que «quien condena no oyendo la parte, puede hacer justicia, mas no ser' justo».

—Óigame vuesa diablencia —decía—. Señor, yo recibí en guarda un mercader: los diez años le tuve persuadido que hurtase; los otros diez que no restituyese.

Dóise Lucifer una gran palmada en la frente, y dijo:

—¡Miren qué traza de diablo ésta! Ya no es el infierno lo que solía, y los demonios no valen sus orejas llenas de agua.

Y volviéndose al diablillo, le dijo:

—Mentecato, con los mercaderes hase de gastar el tiempo, y ese muy poco, en persuadirles a que hurten; pero en hurtando, ellos se tienen cuidado de no restituir. Esto es tanto y no sabe lo que se diabla.

Llamó un ministro, y dijo:

—Lleva ese demonio, y ponle pupilo de algún juez, donde aprenda a condenar: que éste se debe de haber alquilado en los autos para diablo.

Grande rumor y vocería se oyó algo apartada; parecía que se porfiaba entre muchos sin orden y con enojo. Estaban en diferentes corrillos; en algunos eran modestas las réplicas, en otros se mezclaban injurias y afrentas. Había quien, encendiendo la pasión, acompañaba con armas sus razones. Víanse golpes, heridas, y cuanto más se llegaba la visita, más de cerca se conocían los movimientos precipitados del enojo.

Esto puso más cuidado en los pasos; mas no fue tan apresurado, que cuando llegamos ya la ira lo había mezclado todo, y sin orden se despedazaban unos a otros. Las personas eran diferentes en estado, mas todos gentes preeminente y grande; emperadores y magistrados y capitanes generales.

Suspendiólos la voz del príncipe de las tinieblas; volvieron todos a él, padeciendo tormento en no ejecutar unos el odio y otros la venganza.

El primero que allí habló fue un hombre señalado con grandes heridas, y alzando la voz, dijo:

—Yo soy Clito.

—Más honrado soy —dijo otro que estaba a su lado—, y he de hablar primero. Oye al emperador Alejandro, hijo de Dios, señor de los mundos, miedo de las gentes, magno y máximo.

Y no acabara de ensartar epítetos y blasones de su locura, si no le dijera el fiscal que callase: que ya aquel papel le había representado en la vida, y que, acabada la comedia del mundo, era yo reo acusado.

Hable Clito.

Y él, que tenía gana, despejando mal la risa de su sentimiento, dijo:

—Yo, señor, fui gran privado deste emperador; que para ver cuán poco caso hacen los dioses de las monarquías de la tierra, basta ver a quién se las dan. Hicieron a este maldito insensato, de quien la soberbia aprendió furores, señor de todo, con título de rey de los reyes. Persuadióse que era hijo de Dios; a Júpiter Ammon llamaba padre, y por autorizarse con el sello de Júpiter, se introdujo en esta de carnero y se rizó de cuernos, y no falta sino torearle en las monedas y llamarse Alejandro Morueco. En balde porfiaban en él las pasiones naturales, tan doctas en desengañar la presunción humana: dióle lo que tuvo la fiereza, hízole grande la temeridad, creció del robo, no era capaz de advertencia. Presento por testigo al filósofo envasado, vecino de una tinaja, que le tuvo por bufón y se rió de verlo, y para la vuelta le dijo, estorbándole el sol que le calentaba: «No me quites lo que no me puedes dar.» Yo le serví en lo que me mandaba, y no me dio la privanza mi obediencia diligente, sino el entender él que yo sería partícipe de sus insultos, séquito de sus locuras y aumento de sus adulaciones. Yo (¡desdichado de mí!) quise tener lástima dél; atrevíme a ser leal al tirano (esto que no es nada), y viéndole desacreditar las cosas de su padre Filipo y desnacerse, con la lengua y las obras, de tan gran príncipe que le dio el sér, desengañábale de la divinidad. Traté de que descornase su descendencia: referíale los esclarecidos hechos y virtudes de su padre, entre muchos que adorándole con incienso, le decían que era hijo de Dios; y había adulador que le aseguraba de vista la generación divina, y consejero que por línea recta de varón le hallaba mayorazgo del cielo y heredero forzoso del rayo y el trueno. Yo le hacía tales recuerdos de las cosas de su gran padre, que le decía: «Poco le falta a esta decendencia para divina. » Pues para ver quién fue este desatinado tirano y cuál su violencia, por testigo de su grandeza, por voz de las alabanzas de su padre, con sus propias manos me mató a puñaladas, más él murió en la mesa y vivió en la guerra. Concertadme estas medidas. Su maestro, de quien no quiso aprender a vivir, enseñó con qué le matasen, y una uña de asno disimuló el veneno, y él se quedó cornudo, sin Dios, sin reino y sin vida. A mí me dio el fin que he dicho por lo que habéis oído, y a Abdolonymo, mondapozos, estándolos mondando, le hizo rey de Sidonia, no por ensalzar la virtud, sino por mortificar con afrenta la soberbia de los nobles de Persia después de la muerte de Darío. Topéme aquí con él, porque los privados que ha habido en el mundo nos juntamos a tomar satisfacción de nuestros príncipes, y díjele que dónde había dejado lo de Dios, y que si estaba desengañado; y en razón desto nos asimos cuando llegaste. Matóme porque alabé a su padre. Mira lo que es delito digno de muerte en un tirano, siéndolo sólo en el padre haberle engendrado. A Parmenion y Filotas, sus privados, también los mandó matar, aunque le adoraban y tenían por hijo de Júpiter. A Amyntas, su prima, y a su madrastra y hermano, y a Callisthenes, su privado, mandó matar. De suerte, ¡oh Lucifer!, que el delito es ser privado, no ser malo ni bueno, y es como lo que pasa en la vida humana, que todos mueren de hombres, y no de enfermos; que ése es achaque.

—¿Ahora sabes —dijo Satanás— que la privanza es tropezón y todo príncipe zancadilla; que los tiranos lo aborrecen todo: a lo bueno porque no es malo, y a lo malo porque no es peor? ¿Qué privado han hecho que no le hayan precipitado? ¿Qué digo? Acuérdeseos de la emblema de la esponja: todos sois esponjas de los príncipes; déjanos chupar hasta que estáis hinchados, y luego os exprimen y sacan el zumo para sí.

A estas razones se oyó grande alarido, y llegándose a Lucifer un hombre blanquecino, desangrado, viejo y venerable y digno de respeto, dijo:

—Parece que hablan conmigo esas razones de la esponja, por los muchos tesoros y riquezas que tuve. Yo soy Séneca, español, maestro y privado de Nerón. Los desperdicios de su grandeza cargaron mi ánimo, no le llenaron. En recibir lo que me dio sin pretenderlo no fui cudicioso, sino obediente. Quiere el príncipe en honras y haciendas mostrarse magnánimo, generoso y agradecido con un privado. Contradecir al príncipe tales demostraciones es desamor y atención a la utilidad propia; pues rehusarlas es querer que el acto de virtud sea el suyo, y preferir la admiración de la modestia y templanza del criado a la esclarecida generosidad del príncipe. Recibir el valido lo que el príncipe le da es querer que se vea su grandeza antes que la virtud y humildad propia, y dar luz a la virtud del príncipe es el más reconocido vasallaje que puede darle un vasallo. Dióme Nerón cuanto es decente a tal príncipe: el precio y mérito desto fue la enseñanza; permitía tantos bienes no la demostración de premio, no la presunción de hacienda ni el desvanecimiento de patrimonio; no emperezó el tesoro darme conocimiento del séquito que tiene forzoso en la invidia, que ejecutiva me procesaba por las calles, afirmando que persuadía a otros el desprecio de los tesoros por desembarazar de competidores la sed mía de riquezas. Yo vi adolecer mi opinión y enfermar mi buena dicha, no mi culpa, sino mi crecimiento, porque el escándalo no está en el que priva, sino en todos los que no privan; y nunca puede ser bienquisto de todos quien tiene puesto que los que son como él desean para sí, y los que no, para otro en quien tengan más afianzada la medra. Determiné, adestrado con estas consideraciones, desembarazar mi ánimo y descansar de todos estos odios: fuime al príncipe, y volvíle cuanto me había dado; y porque la restitución fuese cortés y no grosera, la acompañé con palabras que Tácito refiere y mejora, persuadiéndole a que en darme tanto caudal se mostró espléndido, y en recibirlo prudente, pues mostraba que lo había dado el benemérito, pues lo sabía despreciar. Yo tuve tan grande amor al príncipe, que no acobardaron mi buen celo las amenazas de su condición; batalla, no comunicación era conmigo la suya, según las grandes contradicciones con que siempre le disgustaba. No acallaron mi verdad su locura ni su fuerza, ni menos derramó sangre que a mi reprehensión se adelantase el desvelo de mi conciencia. Mató a su madre, quemó a Roma, éste que despobló todo el imperio de beneméritos con el cuchillo; y estas cosas pudieron persuadir a Pisón la conjuración, que se llamó de su mismo nombre pisoniana, muy bien propuesta, pero mal callada, donde murieron los mismos que habían de matar. Son pasos de la Providencia el guardar al tirano del peligro de la vida, por no venir colmado de las muchas afrentas y desesperación que merecía. Aseguróse el príncipe déstos, pero no de sus vicios, y luego al punto mandó matar a Lucano porque era mejor poeta que él, y a mí también me dio a escoger muerte: mas eso no lo hizo por piedad, antes bien fue fuerza mañosa, pareciéndole a él que la padecería muchas veces repetida en la elección della, y que padecería, la que escogiese, con el efeto, y las que dejase, con el miedo que las rehusaba. Yo, metido en un baño, cortadas las venas, me despaché para este puesto que hoy tengo, donde este maldito aún no se harta de crueldades y lee cátedra de martirios a los diablos. En el Senado cuando mató a su madre, hicieron votos y sacrificios públicos, y osaron adularle con las aras y los templos; y cuando se difirió de la conjura de Pisón, hicieron lo mismo por la salud del príncipe, y mandaron que al mes de abril, en honra suya, le llamasen Nerón. ¡Mirad qué senadores, que luego le sentenciaron a muerte ellos propios siendo su príncipe, y le hicieron morir como merecía porque los creyó! Mas los senadores malos muchas veces aconsejan al príncipe lo que le pueden acusar.

»Y hay alguno que, en viendo propuesta alguna gran maldad, desea que todos sus compañeros sean justos y santos, sólo porque su bellaquería sea única y su iniquidad el apoyo de la perdición.

Llevantáronse Quinto Hateria y Marco Escauro, diciendo:

—Y esos que tú acusas, ¿bastan a profanar tantos grandes senadores cuyo ánimo nunca temió los peligros de la verdad ni las amenazas de los príncipes? Los malos ministros se escriben, y se cuentan, y se maldicen: todo para imitarlos. De los buenos nadie hace memoria, porque el bien no se aprende, y el mal se pega, de la manera que un enfermo pega el mal a veinte sanos, y mil sanos no pegaron jamás salud a un doliente.

Nerón, ceñudo y con los ojos en el suelo, ya voz delgada y temerosa, dijo:

—Saber más que el príncipe el privado y maestro es necesario, y conveniente disimularlo con el respeto. Presumir con el príncipe esta ventaja es delito; pues ¿qué será porfiar a convencer el criado a su señor a que sabe más que él? En tanto que me enseñaste a mí con lo más que sabías, te preferí en todo, y fue estimación de tu prudencia mi imperio, y llegó a escándalo del mundo. Luego pasaste a enseñar a todos que sabías más que yo, cosa que debiste excusar, y aquí fue mi enojo; y quiero antes sufrir lo que padezco, que privado que hace caudal de mi descrédito; y si no, díganlo todos esos príncipes.

Y dio voces:

—¡Ah, reyes! ¿Ha pasado algún privado vuestro más adelante, en llegando a presumir en sí suficiencia y discurso superior al vuestro?

En tanto que los pueblos creen que el príncipe tiene talento y que obra por sí, se sustenta el privado que lo persuade; mas, en desarrebozándose la verdad y en desmayando el engaño, muere súpito todo valimento. Decid si esto es así. Y a una voz dijeron todos:

—No, no, ni pasará adelante de aquí a la fin del mundo; que así dejamos tomada la palabra a nuestros sucesores y encargada esa acusación a la invidia.

—¿Qué tengo yo que ver con eso —dijo Seyano—, que supe y disimulé menos que Tiberio, y habiéndole obligado con mis servicios, me mandó adorar y me hizo estatuas y las concedió privilegios sagrados? Fue mi nombre aclamación del pueblo romano, mi felicidad lisonja de todo el imperio; mi salud voto de las gentes y ruego común; y siendo el privado de mayor dominio en el alma de su señor, este maldito y siempre abominable Tiberio me hizo prender y despedazar, siendo mérito en el furor de los amotinados traer en los chuzos algún pedazo de mi cuerpo. Con garfios me arrastraron de las quijadas por las calles, y la crueldad infanda no se detuvo en la sepoltura: más allá pasó, que a mis hijos hizo morir afrentosamente, y una hija, que por el privilegio de la virginidad no podía morir justiciada, mandó que el verdugo la violase primero y que luego la degollase. Testigos tengo de mi abono: Veleyo Patérculo encarece mi valor, mi ingenio, mi maña y mi asistencia; y Tácito, que con la malicia se hizo bienquisto de los letores a costa de los difuntos, él tampoco me niega las alabanzas. Nadie me dijo verdad; y con ser tantos los que acababan con mi caída, nadie se enojó de mí ni tampoco me osó enojar. Mi ruina empezó desde que quise prevenir todos los hados, quitar a la fortuna el poder, burlar sus diligencias a la providencia de Dios. Entonces, más sacrílego que prudente, me fortalecí contra la maña de los hombres, haciendo morir los buenos y los atentos, desterrando a los ociosos y advertidos, y provoqué por enemigo al cielo, a quien quise excluir de mi causa. También es verdad que yo me valí y acompañé de gente ruin: del médico para los venenos, del sedicioso para la venganza, del testigo falso y del mal ministro ventero de las leyes; mas no fue elección de mi voluntad, fue necesidad de mi puesto. Yo usaba de los que son siempre trastos del poder; y como sabía que, en cayendo, así me habían de faltar los malos como los buenos, usaba de los malos como de cómplices, huía de los justos como de acusación. Cada virtuoso para el que puede es un dedo a la margen, y cada entendido un espía y un testigo en buen lenguaje, que si habla, persigue, y si calla, culpa. No inventé la tiranía, ni sus malas costumbres. Tiberio las aprendió de mí, que más las padecía aprobándolas lisonjero, que en las cárceles y el cuchillo los sentenciados. Si dicen que yo le aconsejé crueldades para quitarle el amor del pueblo y disponer mi levantamiento, ¿quién le aconsejó las que hizo conmigo? El caso es, Lucifer, que los príncipes tienen por disculpa de lo que permiten, la ruma del medio que para ello escogieron, y que nuestra culpa es ser sola. mente la suficiente satisfacción de los odios nuestras muertes; y al cabo, reyes, la nota cae sobre vosotros y vuestra inconstancia, y la lástima sobre nuestros castigos. Las historias, contando nuestras caídas, dicen siempre: «Este fin tienen los que se llegan al favor de los reyes y príncipes»; y nuestra desdicha en cada corónica es advertencia de un mal paso. Hacer un privado poderoso, rico, es mostrar el poder; conservarle es acreditar el juicio que dél hiciste y tu elección; deshacer es desdecirte y darte a partido con los mal contentos. Mirad, mirad lo que somos.

Y volviendo, jugaban a la pelota Santabareno, favorecido del emperador

León, a quien mandó sacar los ojos; y Patricio, favorecido de Diocleciano, a quien hizo pedazos. Decía Santabareno, tomando la pelota:

—Esto es el poderoso hinchado de viento. Pone al príncipe toda su fuerza en levantarlo de un voleo, y andan en el aire, mas siempre bamboleando; y mientras le dan, dura en lo alto, y en no le dando cae, y en descuidándose se pierde; y si le dan muy recio revienta, y en lo alto se sustenta a puros golpes.

Mas Plauciano, favorecido que fue de Severo, a quien despeñó por una ventana para que fuese espectáculo del pueblo, decía:

—Fui cohete, subí aprisa, y ardiendo y con ruido en lo alto, me calificó por estrella la vista; duré poco, y bajé desmintiendo mis luces en humo y ceniza.

Fausto, favorecido de Pirro, rey de los epirotas; y Perenne y Cleandro, favorecidos de Commodo; y Cincinato, favorecido de Vitelio, emperador; y Rufo, favorecido de Domiciano, y Amproniaso, de Adriano, estaban oyendo la voz temerosa y venerable del gran Belisario, favorecido de Justiniano, que ciego, habiendo dado con el bordón dos golpes y meneado la cabeza entorno para prevenir silencio, dijo:

—¿Es posible, príncipes, que todos vuestros validos han sido malos? Peor es en vosotros ser verdugos de los yerros de vuestra elección que nuestras desgracias. Yo serví a príncipe cristiano y justo y que enseñó qué era justicia y hacerla, y debiendo a mi valor el imperio, despojos, y monarquía y triunfos, me hizo cegar, y me dejó pidiendo por las esquinas el sustento con los miserables; y el nombre que se oía animando los estandartes y espantando los enemigos, y que valió por ejército apellidado andaba por las plazas y calles pidiendo sin saber a quién. El favor de los príncipes es azogue, cosa que no sabe sosegar, que se va de entre los dedos, que en queriendo fijarle se va en humo; cuanto más le subliman es más venenoso, y de favor pasa a solimán; manoseándole se mete en los güesos, y el que mucho le comunica y trabaja por sacarle, queda siempre temblando, y anda temblando hasta que muere, y muere dél.

Siguieron luego a estas palabras quejas lastimosas y terribles alaridos, señalando todos con ¡ay! dónde tenían el azogue del favor; y empezaron todos a temblar, que parecía familia de Almadén.

Mas Belisario tornó otra vez a hablar y todos atendieron:

—Ved la infamia de Justiniano, que acobardados sus premios del exceso de mis méritos y servicios, me cegó; y mi virtud tan solamente me negoció la desdicha. Y habiendo de dejarme, temió . mi razón y acabó conmigo. Y todos vosotros lo habéis hecho de la misma suerte, y en vuestras corónicas somos manchas coloradas de vuestra reputación.

Y un afligido, que no se dio a conocer, dijo:

—No estéis ufanos de la miseria de los que os creen y pueden con vosotros, que príncipes no habido constantes, y privados firmes: esto es echaros el agraz en el ojo. Josef en las sagradas letras; Eleázaro, conde y príncipe, fue privado de Roberto, rey de Francia, y ni tropezó ni resbaló ni cayo, ni otros muchos cuya alabanza vivió igual hasta su fin, cuyo aplauso no descaeció, cuya dicha nunca la enfermaron los invidiosos, y vivos y muertos y escritos fueron. exaltación de sus reyes, como nosotros acusación y escándalo y queja.

En esto se oyó una voz de un espíritu, que decía estas palabras de Habacuc, profeta, hablando con los poderosos:

—Quare respicis super iniqua agentes, et taces devorante impio justiorem se?

Et facies homines quasi pisces maris, et quasi reptile non habens principem.

Et factum est judicium, et contradictio potentior.

Propter hoc Iacerata est lex, et non pervenit usque ad finem judicium.

—¡Despedazóse la ley, no llego el juicio al fin! —repetían todas aquellas almas cuando el espíritu, para consolarlos desta nulidad que alegaban en el otro mundo contra los que los atropellaron, dijo con el mismo profeta, capítulo II:

—Como el vino engaña al que bebe, así sucederá al varón soberbio, y no será ensalzado el que extendió su alma como el infierno; y él mismo, como la muerte, no se harta, y congregó a sí todas las gentes, y aunóse con todos los pueblos.

»¿Por ventura todos éstos no tomarán parábola contra él y hablilas de sus enigmas; y se dirá: Desdichado de aquel que multiplica lo que no es suyo ? ¡Hasta cuándo agravará contra sí lodo pegajoso.

»¿Por ventura, de repente, no se levantarán los que te han de morder, y despertarán los que te han de hacer pedazos, y serás su despojo?

»Porque tú despojaste muchas ciudades, te despojarán todos los demás que quedaren de los pueblos, por la sangre del hombre, y la maldad de la ciudad de la tierra y de todos los que en ella habitan.

»Pensaste confusión a tu casa, acabaste muchos pueblos y pecó tu ánima.

»Por lo cual la piedra de la pared dará voces, y el madero que está entre las junturas de los edificios responderá, o el escarabajo de la madera lo parlará.

—Yo —dijo el espíritu— no os pondero las amenazas del profeta; sólo os advierto que no hace Dios tanto caso de vosotros, que remita el castigo de los tiranos a grandes príncipes, ni a sucesos prodigiosos, ni a mayores fuerzas: el castigo está en las cosas de que no hacéis caso. Mirad con qué gente hace Dios liga contra vuestras prevenciones, soberbias y vanidades; con la piedra de la pared y el escarabajo de la madera y el leño podrido que está entre las junturas de los edificios. Artillería de Dios es la carcoma, y el gusano, y la mosma, y la rana, y otra infinidad de sabandijas. La palabra de Dios, malditos, es aquí mancuerda de todos vuestros oídos.

Hondas gemidos daban los monarcas, y alaridos bestiales y espantosos.

Formáronse a mezclar con amenazas y heridas; mas Lucifer mandó que los privados se fuesen al cuartel de la perlesía, y los príncipes, reyes y monarcas entre las mujeres hermosas, hasta en tanto que se averigüe quién escoge peor y es más mudable y más desagradecido. Todos apelaban; mas ejecutóse, sin embargo.

Los periáticos decían:

—Nosotros tenemos cura; lleven a los privados, por temblones, con la hoja en el árbol.

Las mujeres gritaban «que llevasen a los monarcas con la loba; que ellas en el escoger tenían disculpa, pues en vida huían de los señores hacia los mercaderes».

Y en ninguna parte los querían, y unos a otros se despedazaban.

En esto estaban ocupados todos, cuando vimos un hombre que en las insinias parecía herrador; con un silencio podrido estaba embolsado en sí propio, muy cerrado de campiña: conocíase en la atención y los gestos que hablaban allá dentro dél.

—¿Quién eres —dijo el fiscal—, con ese yunque y ese martillo y esos clavos?

Él, con voz de grito por azote, en tono de ox, dijo:

—Yo me entiendo.

Salió la Dueña hecha otra dueña, por no decir un rejalgar, y dijo:

—Entendido para ti mismo: habla claro; que aunque no te entienda, te chismaré todo. Di tu nombre, y qué hierras aquí, donde no hay bestias; y dilo luego, que si no lo dices luego, te pondré otra dueña buida a los pechos hasta que lo digas.

El pobre, que entendió que estaba ya en los profundos de la dueña, dijo:

—En esto conoceréis que yo me entiendo solo, pues preguntándome quién soy y mi oficio y habiéndolo dicho claro, no me habéis entendido. Yo soy aquel desdichado yo me entiendo que anda en el mundo paladeando confiados, disculpando necios y entreteniendo bellacos. Si me reprehenden los vicios, digo que Yo me entiendo; si me aconsejan en los peligros, Yo me entiendo; si me tienen lástima en los castigos, siempre soy Yo me entiendo. Yo soy el coloquio entre cuero y carne y el porfiado entre sí; y como yo me entiendo y no quiero entender a otro, ni que me entienda nadie, todo lo yerro, y éste es mi oficio. Y la dueña no sabe lo que se dueña, pues dice que no hay bestias donde hay Yo me antiendo, que es todos los arres y joes con capa negra. No hubo acabado, cuando otro hombre muy enojado, dijo:

—¿Quién fue el maldito que juntó a este entendido a escuras conmigo, que soy Nadie me entiende?

Aquí se revistió de sí mismo el Entremetido, y dijo:

—Dígote culto, y si apelas dígote benemérito.

—Pues no soy —dijo el tal figura— sino casamentero. Soy sastre de hombres y mujeres, que zurzo y junto, y miento en todo y hurto la mitad. Yo soy embelecador de por vida, inducidor de divorcios; vivo de engordar dotes flacos, añado haciendas, remiendo agüelos, abulto apellidos, pongo virtudes postizas como cabelleras; confito condiciones y desmocho años a los novios. Tenga una relación Jordán que remoza las bodas. En mi boca los partos y los preñados son doncellas, y no hay hombre tan callado en hijos, pues acomodo agüelas por nietas. Al fin, yo hago suegros y suegras, que no hay más que hacer. Y llamándome Nadie me entiende, porque si me entendiera el marido cuando le doy yo más dote con lo que miento que la novia con el que lleva, cuando le doy virtud con lo que callo, calidad con lo que finjo, hermosura con lo que encarezco, ninguna boda se concertara. Y si la esposita me entendiera:

Él es un pino de oro, más aplicado que otro tanto; jugar, ni por sueños; otros vicios, ni por lumbre; en la condición es hecho de cera; muy rico; ya se ve, con el etcétera de las expectativas (que es la hojarasca que gastamos los casamenteros, y todo para en pino de oro, ni por sueños, ni por lumbre y ya se ve, hojaldre de bergantes), antes la triste diera con su doncellez en unas tocas que embodarse. ¡Pues verme prometer infinito y no traer nada, diciendo muy flechado de cejas: «Señor, vuesa merced no repare en hacienda, pues Dios se la ha dado; calidad, harta sobra a vuestra merced. Pues hemosura, en las mujeres propias antes es cuidado y peligro. Cierre vuesa merced los ojos y déjese gobernar; que yo le digo lo que le conviene!»

—¿Hay ladrón como éste? —dijo el Soplón—. Pues demonio, ¿qué me traes, si ni tiene calidad, ni hacienda, ni hermosura, y quieres que cierre los ojos?

Embistiera con él, sino que la Dueña se puso en medio, diciendo:

—No hay tal hombre: por otra relación como ésta me tragó a mí por mujer quien se casó conmigo.

—¡Maldito sea yo —decía un testador—, que me veo desta suerte por mí culpa! Voto a N —decía (y llamaba a todos)—, que si sé hacer testamento, que estoy vivo ahora, y que no me he condenado.

La enfermedad más peligrosa, después del dotor, es el testamento: más han muerto porque hicieron testamento, que porque enfermaron. ¡Ah, vivos! —gritaba—, sabed hacer testamento, y viviréis como cuervos. ¡Desdichado de mí, que enfermé de mi exceso y peligré de mi dotor y expiré de mi testamento! Dejáronme los médicos, mandándome prevenir; yo, con mucha devoción y mesura, ordené mi testamento con mi In Dei nomine, Amén, lo de su «entero juicio», «el cuerpo a la tierra» y las demás cláusulas del boquear. Y luego (nunca yo lo dijera) empecé los Item más;

A mi hijo dejo por heredero. Item, a mi mujer dejo esto y esto. Item más, a Fulano, mi criado, tanto y cuanto.

Item más, a Fulana, mi criada, esto y el otro. Item más, a Fulano, mi amigo, porque se acuerde de mí, un vestido. Item más (si muriere), dejo libre a Mostafá, mi esclavo. Mando al señor dotor Fulano una taza de plata que tengo, dorada, por el cuidado con que me ha curado. Y al instante que firmé el testamento, la tierra, a quien mandé el cuerpo, tuvo mujer de monjil, mi criado de lágrimas y vestido, mi amigo de acordarse; y todos andaban dados al diablo. Si yo pedía la pócima, mi mujer respondía: tocas; el criado: ropilla; el esclavo, horro Mahoma. Por darme confortativos me daban zupia. El dotor, desde allí adelante, cuando venía me pedía la taza por pedir el pulso, y de mala gana tomaba uno por otro. Si le preguntaba cómo ha de ser la cena, decía que pesada y honda. Si daba un grito decía mi hijo: ya expiró; mi mujer, descuelguen; el criado, daca; el amigo, veamos; el esclavo, vaya. Y como nada de lo que. mandaba se podía cumplir sin mi muerte, en mandar a todos algo, mande que me matasen todos. Si yo volviera a la vida, éste fuera mi testamento:

Item, mando a mi hijo heredero, que mal provecho le haga cuanto comiere, y que mi maldición caiga, y que cuanto le dejo es de mala gana y por no poder más. A él y a ellos se los lleve el diablo; y a mi mujer, que mala pestilencia le dé Dios, y duelos y quebrantos. Y a Fulano, mi criado, si yo muriere, mando que le persigan y se gaste mi hacienda en destruirle; y si viviere, le daré dos vestidos. Y a Fulano, mi amigo, si falleciere, mando que no le dejen parar ni a sol ni a sombra, y que declaro que es un perro.

Item más, si me muero, niego todas mis deudas (¡y sólo considerad, demonios, cuáles andarían los mohatreros por resucitarme a mí!).

Al esclavo, si muero, mando que cada día le pringuen tres veces. Al dotor que me curó, que mi mujer se muestre parte y le pida mi muerte. Y a mi heredero, que haga tasar lo que justamente vale el haber acabado conmigo, porque me ha encarecido el ser calavera, como si yo se lo rogara, y me lo ha hecho desear, y pido a todos que lo apedreen. Y voto a N, que sólo estoy sentido aquí del dotor, que no solamente me persiguió sano, me mató enfermo, sino que pasa la ojeriza de la sepoltura; y en expirando uno, por disculparse dicen dél mil infamias: «Dios le perdone, que el mucho beber le acabó; ¿cómo le habíamos de curar, si era desordenado? Él era insensato, estaba loco, no obedecía a la medicina, estaba podrido, era un hospital; él vivió de suerte, que le ha sido mejor; esto le convenía (¡miren qué «convenía» éste a mi costa!); llegó su hora»; pues tomen el dicho a la hora de todos los difuntos, y ella dirá que ellos la llevan y la arrastran, y que ella no se llega. ¡Oh, ladrones! ¿No basta matar a uno y hacerle que pague su muerte, costumbre de los verdugos, sino tener la disculpa de la ignorancia en la deshonra del pobre difunto? Aprended a saber hacer testamento y llegaréis los mozos a viejos, y los viejos a decrépitos, y moriréis todos hartos de vida, y no os podaran en flor las hoces graduadas y el dotor Guadaña.

Tales palabras dijo aquel difunto por madurar, que Lucifer y sus ministros a gritos dijeron:

—No dice mal este condenado; mas si le oyen y le creen, a los médicos y a los diablos (el ruin delante) los ha de destruir.

Mandáronle tapar la boca, y a pocos pasos que anduvieron fue tal el alarido y la grita, que con prevención y susto se pusieron en defensa.

Habia gran número de gente de todos estados.

—Ellos son —decían—; sáquenlos.

—¿Habíamos de dar con ellos?

—¡Oh, infame mujer! ¡Oh, maldito pícaro!

—Aquí te tengo.

Y otras palabras tal alborozadas como éstas.

Unos se asían de otros, y apenas se vían sino dos bultos: uno con un manto, señas de mujer; y otro hecho pedazos y lleno de alcuzas y jarros y trastos.

—¿Qué es esto ? —dijo la guarda.

Llegó la ronda, bien ordenado el tribunal; respondieron:

—Señor, aquí hemos hallado escondida la disculpa de muchos chismes y la

averiguación de muchas insolencias.

—Aquí están —decían con gran alegría.

—Aquí los tenemos.

Pedían albricias a Lucifer:

—Aquí están, señor, la mujer tapada que dice todas las cosas, y et poeta de tos pícaros.

No se puede explicar la demostración que Lucifer hizo de haber hallado en su reino estas dos figuras tan perniciosas. Mandó sacar a la mujer tapada; estaba hecha un ovillo, liada con su manto; dio grandísimos gritos, diciendo que no la destapasen, porque se perdería el mundo.

—Déjenme; basta, que estoy aquí sólo porque me tapé; yo tengo infinitas caras, y muchos me acusan que debajo deste manto tienen la suya; mi delito es mi manto. Yo, la pobre mujer tapada, dije al rey pasando un chiste y a la reina otro; yo dije a los privados, yo a los ministros, yo a los señores, yo a los clérigos, yo a los frailes, y a los obispos; y este negro manto ha sido de lenguas, y no de soplillo. No tengo yo la culpa, sino bellacos, que como me ven tapada, se me meten debajo del manto y dicen lo que quieren, y luego no hay sino: «una mujer tapada dicen que dijo»: «¿Saben vuesas mercedes lo que dijo una mujer tapada?» «Cuentan que una mujer dio tal memorial.» Y yo, pobre de mi, soy una tonta que apenas sé pedir siendo mujer. Si fuera yo este bellaco pícaro que está a mi lado.. .

Y él respondió:

—¿Qué culpa es la mia, mala hembra?

—¿Qué culpa? —dijo un demonio—. Ser tú peor que todos nosotros: ¿tú no eres el poeta de los pícaros, que has llenado el mundo de disparates y locuras ? ¿Quién inventó el Tengue—tengue y Don gotondrón, y Pisare yo el polvillo, Zarabanda y dura, y Vámonos a chacona, y Qué es aquello que relumbra, madre mía, la Gatatumba, y Naqueracuza? ¿Qué es naqueracuza, infame? ¿Qué quiere decir Gandi; y Hurrúa, que en la ventana está; y Ay, ay, ay (y traer todo el pueblo en un grito); y Ejecutor de la vara, y daca a Ejecutor de la vara; y Señor boticario, deme una cala; y Válate Barrabás el pollo; y Guiriguirigay, y otras cosas que sin entenderlas tú ni el que las canta, ni el que las oye, al son de las alcuzas y de los jarros y de los platos las cantan los muchachos y mozas de fregar con tonillos de aceite y vinagre y dos de queso, y pella y pastel, que tú compones, y no hay recado que no chilles, ni calle que no aturdas, obligando a que se enfurezcan las repúblicas, y con pregones restañan tus letrillas y hues y ayes y arrorros, cuzas y pipiritandos? Nadie está en los infiernos con tanta causa ni con tan sucia causa.

El pobre poeta de los pícaros, que no pudo negarse y se vio descubierto y conocido, pidió que le diesen licencia para hablar.

Fuéle concedida, y dijo:

—¿Es mejor lo que hacen los poetas de los honrados? ¿Está mejor ocupado un ingenio en gastar doce pliegos de papel de entradas y salidas y maranas para casar un lacayo sin amonestaciones, que yo, que con un cantarillo y un Cachumba, cachumba, y un ¡Oh, qué lindito!, al muchacho que trae un pastel a su amo, le embarazo la boca con el tonillo para que no dé un bocado al plato, y al jarro un sorbo? Más sisas excusé con el Zambapalo y con la Marigarulleta, que letras tienen mis cantares. ¿Con qué me pagarán que a la niña que trae el cuarto de mondongo la embarace la garganta con el Naqueracuza, y no con una morcilla? ¿Fuera mejor matar de hambre a todos los graciosos, hacer gallinas a todos los lacayos, y en los entremeses deshonrando mujeres, afrentando maridos y cachando costumbres, y entreteniendo con la malicia, acabando con palos o con músicos, que es peor? ¿Es mejor hacer autor, y andar dando qué decir a Satanás, y pidiendo el alma, y lloviendo ángeles a pura nube, y tener a vuesa merced quejoso siempre? —dijo mirando a Lucifer, y que no daba a un poeta una ánima, que siempre se la lleva el buen pastor—. ¿Es mejor andar sacando los pecados propios y mis amancebamientos a la jineta, en los romances, de garganta en garganta, y que canten todos lo que yo había de llorar; y que, si

Doris escupe, ande su gargajo de boca en boca? ¿Es mejor que Gil y Pascual anden siempre en los villancicos, el uno con mil, y el otro con portal, tirando las navidades, envueltos en consonantes sin pelo ? ¿ES mejor andar gastando auroras en mejillas y perlas en lágrimas, como si se hallasen detrás de la puerta; y estando España sin un real de plata, gastarla en fuentes y en cuellos torneados, valiendo a setenta por ciento, y sin que se vea una onza gastada en lámparas por los poetas, teniendo repartidos millones en orejas y testuces? ¡Pues lo que hacen con el oro! A carretadas fo echan en cabellos, como si fuera paja donde no aprovecha nadie: ¿y llamándome a mí poeta de pícaros, porque sin gasto ni daño alegro y entretengo barato y brioso con Vengo de Panamá, y De qué tienes dulce el dedo, y Don don camaleón, y otras letrillas traviesas de son y comederas.? No, sino escribiré coruscos, lustros, joven, construyendo, adunco, poro, con trisulca, alcuza, naquera cuza; y libando, aljófar, con si bien, erigiendo piras, canoro con centodeliras:

Zarabullí, ay bullí, bullí, de zarabullí.

Bullícuzcuz de la Veracruz;

Yo me bullo y me meneo,

me bailo, me zangoteo,

me refocilo y recreo

por medio maravedí:

Zarabullí.

«Júzguenlo los diablos, cuánto es mejor zarabullí que adunco, y cuzcuz que poco; y meneo que pira, y zangoteo que lustro; y refo cilo que trisulca; lo uno es culto y lo otro pimiento. Cuál hará mejor caldo, dígalo un cocinero. Ello bien puedo ser yo, el poeta de los pícaros; mas ellos son los pícaros poetas; y por lo menos a mi no me vela la Inquisición ni tengo examinadores; y míreseme bien mi causa, que soy el mejor de todos; y Dios me haga bien con mis seguidillas y jacarandinas, que no me entiendo con octavas ni con esotras historias, ni se hallará que haya dicho mal de otro poeta.

El culto se iba a embestir con él, armado de cede en joven como de punta en blanco.

Mandóle Satanás detener, y reconociéndole, hallaron que lle vama escondidas y desenvainadas dos paludes buidas y un adolescente de chispa. Mandó Lucifer que, pues cada uno de por sí bastaba a revolver el mundo, que entre sí tuviesen paz, y que se repartiesen el uno a ser confusión de lenguas y el otro sonsonete.

El culto, con dos piras de ayuda entre construyes y eriges, se fue a matar candelas, digo las luces de todos los escritos de España, y a enseñar a discurrir a buenas noches; y desde entonces llaman al culto, como a vuestra diabledad, príncipe de las tinieblas.

El poeta de los pícaros se fue concomiendo de chistes a festejar la boca de noche, y el miedo de los niños, y a revestirse en el cuerpo de los poetas mecánicos, ingenios cantoneros y musas de alquiler como mulas.

Con gran risa quedó la vista; mas sucedióla no menor espanto en la tabaola (así la llaman los contracultos) que se oyó.

Todo era voces y gritos; los que los daban parecían gente de cuenta y puesto, diferentes en los trajes y en las edades.

Unos andaban encima de otros; víase una batalla desigual: los unos herían con puñales desnudos; los otros, viejos y caídos se adargaban con libros y cuadernos.

—Tenéos —dijo un ministro.

Suspendieron su ejecución violenta, no sin enojo, y la obediencia no disimuló el motín, respondiendo:

—Si supiérades quién somos y la causa y razón que tenemos, sin duda os añadiérades al castigo.

Y cuando menos vi a Nino y a Yugurta y a Pirro y a Darío, todos reyes; y, siendo infinitos, todos eran majestades y altezas.

Iba Lucifer a satisfacerlos, cuando se levantó un hombre viejo, y con él otros muchos, que arrastrados de los príncipes, tenían el suelo lleno de canas y de sangre.

—Yo soy —dijo— Solón; aquellos los Siete sabios; aquel que maja allí aquel tirano Nicocreonte, es Anaxacro; éste, Sócrates; aquel pobre cojo y esclavo, Epicteto; Aristóteles, el que detrás de todos saca la cabeza con temor; Platón, aquel que no puede echar la habla del cuerpo; Sócrates, el que no ha vuelto en sí y tiene, como veis, dudosa vida. Los que veis arrinconados son otros muchos que (como nosotros) han escrito políticas y advertimientos, diciendo en libros cómo han de ser los príncipes y cómo han de gobernar, que amen la justicia, que premien la virtud, que honren los soldados, que se sirvan de los doctos, que se escondan a los aduladores, que busquen los ministros severos, que castiguen y premien con igualdad, que su oficio es ser vicarios de Dios en la tierra y representarle; y por esto, sin nombrar a ninguno ni meternos con ellos, nos tienen en el estado que veis, porque los servimos de guía y de camino. Aquellos gloriosos reyes y emperadores en quien estudiamos esta dotrina, diferente patria tienen que nosotros. Numa está entre los dioses: Tarquino, tizón ahuma; Sardanápalo diferente memoria tiene que Augusto, y Nerón que Trajano.

Y otro detrás dél dijo:

—Acerca más el discurso a los tiempos de ahora: don Fernando el Santo y don Fernando el Católico y Carlos V tienen corónica; Rodrigo y don Pedro paulina con sobrescrito de historia. La mitra en fray Francisco Jiménez es diadema y en Olpas coroza.

—Mientes, infame filósofo —dijo Dionisio el Siciliano y Fálaris, a veces, y con ellos Juliano Apóstata y otros muchos—: mientes por todos; que vosotros sois causa de nuestras infamias y acusaciones y deshonras y muertes violentas y ruinas; pues por mentir en vuestros escritos y hablar de lo que no tenéis noticia y dar preceptos en lo que no sabéis, estamos los más difamados en muerte y perseguidos en vida.

—¿Cómo, señor —dijo Juliano Apóstata mirando a Satanás, que un hombre déstos, soplón y mendigo, que pasa su vida con las sobras de las tabernas y vive de la liberalidad de los bodegoneros, despreciado en el traje, solo en la dotrina, sin comunicación ni ejercicio, haciendo de lo vagabundo mérito y de la desvergüenza constancia, sin saber qué es reino, ni rey, escriban cómo han de ser reyes y reinos, y pretendan que su dotrina los elija y su opinión los deponga, y que en su imaginación esté lo durable de las coronas? ¿Puede todo el infierno dar mayor cuartana al poder, ni más asquerosa mortificación a la grandeza del mundo, que rascándose uno destos bribones, con una cara emboscada en su barba, y unos ojos reculados hacia el cogote, con habla mal mantenida, diga: «Quien mira por sí es tirano, quien mira por los otros es rey»? Pues, ladrón, si el rey mira por los otros y no por sí, ¿quién ha de mirar por él? No, sino aborrecerémonos como a nuestros enemigos; tendremos odio con nosotros, y nuestra enemistad no pasará de nuestra persona, y la guerra nos tendrá por límite. Perros, decid la verdad y escribid de día y de noche; no escribáis lo que había de ser, que esa es dotrina del deseo; no lo que debía ser, que esa es lición de la prudencia, sino lo que puede ser. ¿Y es pusible, respondedme, podrá uno ser monarca y tenerlo todo sin quitárselo a muchos? ¿Podrá ser superior y soberano, y subordinarse a consejo? ¿Podrá ser todopoderoso, y no vengar su enojo, no llenar su codicia, no satisfacer su lujuria? ¿Podrá, para hacer estas cosas, servirse de buenos y dejar los malos? No; porque eso tiene lo malo peor; que necesita de ruines para su efecto y ejecución. ¿Podrá premiar los méritos quien en ellos tiene su acusación y su temor? ¿Podrá dejar de rogar a los mentirosos y entremetidos y facinorosos con las dignidades y consulados, si tiene su abrigo en sus demasías, su calidad en su imitación, su disculpa en su exceso? No. Pues, picarones barbudos, ¿por qué no escribís la verdad? ¿Sería buena dotrina si uno dijese que el buen carnicero engorda las ovejas y que el desollador las pone pellejo, y que el buen barbero cuando sangra cierra las venas? Pues lo mismo es decir que los tiranos han de guardar palabra, ser justos y verdaderos y humildes. Y como decís esto que había de ser y nosotros somos lo que se usa, y no puede ser menos en los tiranos, todos nos aborrecen por hombres que no cumplimos con nuestro oficio. Decid y escribid lo que han de ser todos los que quisieren para sí solos lo que es de todos, inobedientes a la ley de Dios, y nadie se quejará de nosotros y reinaremos en paz; y si no, callad todos, y hable y escriba del gobierno sólo Photino: oídle.

Y en esto un bellaconazo todo bermejo, con mucha cara y poca barba, cabeza con acometimientos de calvo, hacia vizco con resabios de zurdo, propio para persuadir maldades, y mejor para conocer los tiranos, abriendo la sima de las injurias por boca, y ladrando, pronunció este veneno razonado:

Jus, et fas multos faciunt. Ptolemae, nocentes.

Dat poenas laudata FIDES

et cole felices, miseros fuge, sidera terra

ut distant, ut flamma mari sic utile recto.

Sceptrorum vis tota perit, si pendere justa

incipit: evertitque arces respectus honesti.

Libertas scelerum est, quae regna invisa tuetur,

sublatusque modus gladiis; faceres saeve,

non impune licet, nisi dum facis; exeat aula,

qui vult esse pius; virtus, et summa potestas

non coeunt: semper metuet, quem saeva pudebunt.

(Lo lícito y lo justo a muchos hacen, Tolomeo, delincuentes, y padece castigos la fe honesta y verdadera cuando defiende gente perseguida de la fortuna. Llégate a los hados y a los dioses, y asiste a los dichosos; huye los miserables. Como el fuego dista del mar y el cielo de la tierra, así dista lo útil de lo bueno. Toda la fuerza de los cetros muere en empezando a obrar justificado; y el mirar a lo honesto desbarata las escuadras: el reino aborrecido sola la libertad de los delitos le defiende, y el dar licencia al hierro. Hacer todas las cosas con fiereza no es lícito sin pena, sino sólo cuando las haces. Salga de palacio quien quisiere ser pío; no se juntan la suma potestad y las virtudes. Quien tuviere vergüenza de ser malo, siempre estará temblando y temeroso.)

No hubo fulminado esta postre ponzoña, cuando levantándose Crysippo, dijo:

—Por eso no quise yo ser rey, y respondí a los que me lo preguntaron con estas palabras: «Si gobierno mal, enojo a los dioses, y si gobierno bien, a los hombres. No quiero oficio que de todas maneras se yerra.» Galba, que estaba limpiándose unas babas, muy aterido, con gran melancolía, dijo:

—Algo de la lición se verifica en mí. Estábame yo, cuando se ardía el mundo, con tanto flema como devoción sacrificando a los dioses, y Othón saqueando a Roma y usurpándome el imperio; yo asistía a la religión para ser emperador: él al robo vino por el atajo y siguió la verdad del oficio; y yo acabé, como se ha leído, con más desprecio que sentimiento; él se quedó monarca y yo babera.

Hízole callar Domiciano, que traía arrastrando por una pierna al miserable Suetonio Tranquilo, y a grandes voces decía:

—¡Cuánto peores son estos infames historiadores y coronistas, que aguardaban detrás de la vida de un emperador, y con su deshonra hacen lisonja a sus descendientes!

—Ahí se ve quién sois vosotros —decía Suetonio con sollozos mal formados—, que os es sabrosa la ignominia de vuestros antecesores, como si para la vuestra no diera licencia el aplauso que hacéis a la ajena.

—Señor —decía Domiciano—, estos malditos coronistas no dejan vivir su vida a los reyes, y les hacen tornar a vivir entre su malicia y su pluma, como le conviene al lucimiento de su malicia.

Este traidor insolente, escribiendo la vida de que en la mayor parte él fue el delincuente, en la Diferencia XII tratando de mi pobreza y de que yo procuré socorrerme aliviando gastos y de mis vasallos, echa este contrapunto:

«Exhaustus operum ac munerum impensis, stipendioque, quod adjecerat: tentavit quidem, ad relevandos castrenses sumptus, militum numerum diminuere. Sed cum obnoxium se barbaris per hoc animadverteret: neque eo secius in explicandis oneribus omnibus haereret: nihil pensi habuit quin praedaretur omni modo bona vivorum et mortuorum usquequaque, quolibet et accussatore et crimine corripiebantur. Satis erat objici qualecumque jactum dictumque adversum majestatem principis. Confiscabantur alienissimae haereditates: vel existente uno, qui diceret, audisse ex defuncto cum viveret, haeredem sibi Caesarem esse. (Lib. VIII, cap. 12.)

»Habiendo empobrecido con gastos en obras y en dádivas, y en los sueldos que había crecido (¿pues en qué ha de gastar un príncipe, sino en dar, edificar y mantener la milicia con premios?), intentó, para aliviar los gastos militares, disminuir el número de los soldados; mas conociendo que por esto venía a ser enojoso a los extranjeros, desenfrenadamente sin reparar en algo, dio en robar de todas maneras.

»(¿Este es modo de hablar de los príncipes? ¿Qué se dirá de los infames ladrones? ¿NO es bellaquería usar de un mismo vocabulario con el cetro y con la ganzúa?)

»Los bienes de los vivos y de los muertos, en todas partes y de todas maneras, por cualquiera delito y acusador se agarraban; bastaba alegar algún dicho o hecho contra la majestad del príncipe. Confiscdbanse heredades remotas y ajenas de la acusación, con sólo uno que dijese que había oído al difunto cuando vivía que César era su heredero.

»Y es tan grande bellaco, que escribiendo en mi tiempo, osa decir estas palabras:

»Interfuisse me adolescentulum memini, cum a procuratore, frequentissimoque concilio inspiceretur nonagenarius senex an circumsectus esset.

»Siendo yo niño me acuerdo que por el procurador frecuentemente, y por el concilio, se miró si un viejo de noventa años estaba circuncidado.

»¿Qué culpa tenía yo del exceso de los ministros inferiores y de la demasía, y que me suceden príncipes que consientan tal libro contra mí, que gasté mi tesoro y mi caudal y el tiempo en reparar las librerías que se me quemaron? »

No lo hubo dicho, cuando con voz casi enterrada y acentos desmayados, dijo Suetonio:

—Si eso fue bueno, también lo dije. Mas, ¿qué replicas tú, que dictando una carta para dar una orden, dijiste de ti propio: «Vuestre señor y Dios lo manda así?» Del divino Augusto y del gran Julio y de Trápano, ¿qué virtud callé, qué acción no encarecí? Si fuistes pestes coronadas, ¿qué pecado es acordaros vuestras obras? De vosotros tenéis horror y asco, y no queréis ser contados los que fuisteis padecidos.

—Nadie se puede quejar dese verdugo de monarcas sino yo —dijo un hombre de mala cara, feo, calvo y espeluznado, zancas delgadas y mal puestas, color pálido, talle perverso.

Y por las señas fue conocido por Calígula.

—¿Qué maldad, qué sacrilegio, qué crueldad, qué locura no escribió de mí, las más increíbles? Que estudiaba gestos para hacerme feroz. Mira si haría esto quien inventó los calzadillos para disimular las malas piernas; que porque no me viesen la calva, era delito de muerte mirar desde arriba cuando yo pasaba, y decir cabra. Por eso dijo Pisistrato: «Conociendo yo el peligro que tenemos los tiranos en los que piensan y discurren sobre las vidas ajenas, en los doctos que se juntan, en los maliciosos que se pasean, a los que en las plazas vía pasear ociosos les preguntaba que por qué no asistían a alguna ocupación, y les decía: «Si a ti se te murieron los bueyes con que arabas, toma de mi hacienda y compra otros, y vete a trabajar; y si eres mendigo y pobre de semilla, yo te la compraré, y siembra», temiendo que la ociosidad destos no me dispusiese asechanzas. (Pisistratus cum in regnum esset evectus, accersi jubebat eos, qui in foro deambulando, atque otiando tempus tererent: et interrogavit, num quae causa esset ipsis in foro oberrandi? Simulque dicebat: Si tibi boves aratores mortui sunt, de meo cape rursus alios, atque ad labores te confer: si egenus et inops es seminum, de meo dentur tibi: veritus, ne horum otium insidias aliquas pareret.) (AELIANO: Variae histor., lib. IX, cap. 25.)

Príncipes, al que no tiene que hacer compradle la ocupación, y con eso compraréis vuestra quietud; temed al que no tiene otra cosa que hacer sino imaginar y escribir. No es a propósito desterrarlos ni prenderlos; que calificáis al sujeto y va con recomendación su malicia para los malcontentos. Caudal hacen y pompa los maldicientes de la persecución de los príncipes, y es precio de sus escritos vuestro enojo. Imitadme a mí, que, a costa de mi patrimonio, los ocupaba y divertía sus inclinaciones.

Un condenado venía furioso, más que los otros, diciendo a voces:

—¿Qué es esto? Llámome a engaño: ¿unos diablos tientan y condenan, y otros atormentan ? Todo el infierno he revuelto, y no veo algún demonio de los que me tienen aquí. Denme mis demonios. ¿Qué es de mis demonios? ¿Dónde están mis demonios?

No se ha visto tal demanda. ¡Demonios buscaba en el infierno, donde se da con ellos! Hundíase todo de alaridos, iba a decir de risa.

Detúvole la Dueña, diciéndole:

—Anima desdichada, si aquí te faltan diablos, ¿qué harás por allá fuera? Hártate de demonios.

Él abrió los ojos, y, conociéndola, dijo:

—¡Oh, sobrescrito de Bercebús, pinta de sataneses, recovera de condenaciones, encañutadora de personas y enflautadora de miembros, encuadernadora de vicios, endilgadora de pecados, guisandera de los placeres, lucero de los diablos mundanos, que vienes siempre delante y amaneces las lujurias! ¡Tú si que eres proemio de embusteros y prologo de arremangos! ¿Dónde has dejado los diablos y las diablas que me trajeron; que no soy tan bobo que me dejase engañar ni traer destos demonios con colas y cornudos ahumados, con telas de cochinos y alas de morciélagos? Mala municián es fiereza para tentar apetitos: una madre flechando hijas enherboladas, una tía disparando sobrinas como chispas, una niña con ojos enristre, una moza asestando meneos, una vieja armada de moños en naguas, como de punta en blanco; un adulador, que es sí perpetuo de todo lo que se quiere y amén de la letra vista; un chismoso, ques polilla de la quietud, y por cada maravedí da un cuento; que vive de llevar y traer como arriero, trajinador de mentiras, que dice lo que no oye y afirma lo que no sabe, y jura lo que no cree; un maldiciente, picaza de las honras, que sólo se sienta en las mataduras; un hipócrita, que haciendo mortificación la comodidad, y éstasis los ahitos, y penitencia los mofletes, y revelaciones los chismes, y oratorios las mesas, y desiertos los estrados, y milagros las curas, adivinando lo que le dijeron, y resucitando los vivos y haciéndose bobo para el trabajo, negociando con Deo gratias y empreñando con la sombra, vive a costa de todos y muere a la de Dios; pues pierde su parte en un pícaro destos conventuales de la calle, que tienen por superior al vicio, la obediencia entre las sábanas, la castidad entre los manteles, la pobreza en el entendimiento. Dicen que dejan lo que tienen por Dios, y no es mal trueque, pues es para tener lo que todos poseen por el diablo. Éste es el diablo y éstos son los diablos que me condenaron; y tú, maldita vieja, me los has de dar, que con esas tocas eres epílogo de demonios. No había desengañafarle de la Dueña, hasta que le mandaron callar, diciéndole el Entremetido, de parte de Lucifer, que se le habían subido las penas a la cabeza, pues las colas y los cuernos y las tetas y el humo y el hedor de los diablos no le sabían a madre y a hijas, y a tía y a sobrina, y a adulador y a hipócrita. No bien acabó estas palabras, cuando se oyó gran ruido de quicios y gran rumor de gente en infinita cantidad. Venían delante unas mujeres muy afeitadas, presumidas, habladoras y melindrosas, riéndose y mostrando gran contento. Acusólas el Soplón de que pasaban la alegría hasta la jurisdicción del infierno. Túvose a gran delito.

Fuéles hecho cargo, y preguntado que cómo venían entretenidas, y no llorando, a la condenación.

Una de ellas, vieja y flaca, pellejo en zancos, dijo por todas:

—Señor, nosotras veníamos tan tristes como se puede creer de mujeres traídas, a quien no ha quedado sobre los güesos sino excrementos de los años y lacras del tiempo; y condenadas a heder de nuestra cosecha y a oler de acarreto. En la pila nos bautizamos, y el libro del bautismo nos hizo desbautizar; pero como vimos al pregonero que está a la puerta decir gritos, señalando este reino:

Ibi erit fletus, et stridor dentium (Allí será el lloro y el rechinar de los dientes), dije yo: ¡Buenas nuevas!, que esto no se dice por nosotras, que no los tenemos, ni muelas.

—¿Han quedado raigones? —dijo la Dueña—. Pues eso basta, y la parte se toma por el todo, y desengáñense las de la boca desempedrada, que no las ha de valer esta vez.

Fueron arrebatadas para yesca y encender con ellas de puro secas; y dábanlas leña a narices como humo.

Mucho fue de ver, al irse a entrar, gran diversidad de gentes de todos los estados y oficios y dignidades. Se les pusieron delante muchos licenciados con bonetes de pez y sotanas de humo, arrebozados con manteos de hollín hasta los pies, de manera que se echaba de ver que escondían algo.

Era una clerecía de tinieblas y un acompañamiento del humero.

Detúvolos la novedad y el horror, y ellos, muy cabizbajos, con voces muy agraz, dijeron:

—¡Ah, caballeros! ¿Quién trae libranza de misas? Díganlo primero que pisen el umbral.

Un hombrecillo, tan chico que parecía cabo de hombre, con una cara anegada en barbas y unos ojos búzanos de vello, que apenas podían salir a nado de la avenida de bigotes y cejas, dijo a los demás :

—¡Misas piden aquí? A buen lugar venimos: purgatorio me fecit.

Todos empezaron a repetirlo, cuando un dotor en cisco, de los de la carda, dijo:

—No purgatorien, que éste es el infierno, y esotra casa se les queda ahí a mano derecha.

—¿Pues cómo, si es el infierno, piden misas aquí?

Yo se lo diré —dijo muy corto de razones uno de los padres vizcaínos de tizne—. ¿Viene ahí algún ladrón?

—Sí —dijeron más de ochocientos.

—Pues oigan. Cuando contaban los hurtos que hacían, ¿no se los reprehendieron muchas veces, y ellos respondían: «¿Qué hemos de hacer? ¿Aguardar que se nos venga a casa lo que todos guardan? ¿Cómo se puede un hombre pasear, y tener amiga y dineros, y juego y vicio, sin servir ni oficio?» Y a esto, ¿qué les decía el bien intencionado que los reprendía?

—Decíanos —dijo uno de ellos—: Allá se lo dirán de misas.

—Pues, hidalgos, esas misas son las que se dicen aquí. El infame que en casa de su amigo le paga la confianza solicitándole su mujer, y reprehendiéndoselo respondía: «¿Qué hé de hacer? ¿He de ir donde me aguardan con un lanzón a la puerta, sino donde me la abren y me estiman, y me regalan, y me llaman, y se fían de mí?»

Cuando respondía esto, ¿no le dijeron: Allá se lo dirán de misas? Pues aquí es allá, y tenemos acetadas las misas. Canalla descomulgada, ¿hay entre vosotros algún hombrón de pecados que no teniendo hacienda bastante para sustentar su mujer y sus hijos se andaba de puta en puta y de alcagüeta en alcalgüeta, pagando a costa de su familia los adulterios, y cuando les decían: «Acudid a vuestra mujer, mirad por vuestros hijos y familia», replicaba: «Mi mujer de casa es, y a mis hijos y a los demás no les faltará la merced de nuestro Señor; quiero holgarme.» ¿No le dijeron: Allá se lo dirán de misas; y perseveró? Pues ea, malditos, entren, que es hora. Y diciendo esto, sacando tizones, empezaron a oficiar sobre ellos una paliza de difuntos, y en tanto que ellos se quejaban, sirviendo de órgano los alaridos de sus blasfemias, acompañado del tenor de un cuerno, un hombre gordo, cantando triples desde un coro de fuego, decía:

—Allá se lo dirán de misas.

Respondía una lechuza vestida de monacillo, con unos trancos de garganta por pasos, entre sorber aceite y cantar; y luego toda la capilla de horno, en tono de carretas de bueyes, con regüeldos por ajos, y gangosos por chirimías, dijo:

—Que éstas son nuestras misas y sus penas.

Fue tal la armonía de palos, y gritos y cuernos, y ronquidos, que parecía hundirse toda la fábrica maldita de los reinos dañados. Víase allí cerca un hombrón muy magro cercado de mucha gente, atenta a muletas, traspiés y tropezones y casi pinitos.

Estaba gobernando los hervores de una gran caldera.

—¿Quién eres —preguntó el Entretenido—, pupilero de achaques, sobrante de tizones, guisandero frisón?

—Yo soy —dijo— Pero Gotero; esa es mi caldera, tan famosa entre los cuentos y los muchachos; éstos que me asisten son los gotosos, aquélla mi caldera, y aunque es grande, habré de ensancharla; que son muchos los que vienen a la caldera de Pero Gotero y muchos los que hay en ella. Unos se tiñen como los viejos, a quien allá llamamos los tiñosos de la edad; otros se cuecen, otros se guisan, otros se fríen.

En esto dio tres o cuatro borbotones la caldera, que casi se salía, y el buen Pero Gotero agarró por cucharón un esquife y empezó a espumar. Daba saltos en medio un bulto grande.

—¿Quién es aquél el ojo? —preguntó la Dueña—, que me ha llenado

—Aquél —dijo el buen Gotero— es el Punto crudo, que ha mil siglos que gastó con él lumbre y carbón, y nunca se ha empezado a calentar.

—¡Válate la mala ventura por Punto crudo —dijo el Soplón—, y qué duro eres y qué maldito! ¡Qué de veces te he topado yendo a pedir dineros, y me respondían: «Vuesa merced me perdone, que ha llegado a punto crudo.» Si yo los debía, y venían a cobrar, y suplicaba me aguardasen, respondía el acreedor: «Señor, el venir a cobrar ha sido tan a punto crudo, que no lo puedo suspender., Si pretendía algo, lo daban a otro, y me decían: «Si vuesa merced aguarda a hablar a punto crudo, ¿de qué se queja?» Si solicitaba algún favor de alguna dama, me decía: «Señor, vuesa merced llega a un punto tan crudo, que me ejecutan por dos mil reales.» ¡Válate el diablo por punto crudo, que toda la vida me has atosigado con tus crudezas! Señor Gotero, cuézale vuesa merced hasta que se deshaga; y si no ásele, y tenga asador como tiene caldera.

En esto empezó a alborotarse la caldera y a hacer espuma; víase un figurón danzando entre el caldo y chirirando.

Asió el cucharón, y encajándole en el brodio, dijo:

—Aún no está en su punto.

Dióle con él dos empellones, y zambullóse dando fieros gritos.

—¿Quién es ése?

Y él respondió: —le preguntó la Dueña.

—Este es un Bienquisto, que está el más desabrido del mundo, y no le puedo guisar con ninguna cosa.

Y ello era así, porque de lo hondo de la caldera daba unos gritos temerosos, y decía:

—Yo soy el más necio, maldito y desdichado hombre del mundo. Puedo enseñar a majadero a un preguntador, y estoy por decir a un porfiado. ¡Que creyese yo que toda mi felicidad era ser bienquisto, cosa que aconsejan siempre los bribones y emprestilladores!

Yo convidaba por ser bienquisto, y gastaba en tragos y bocados mi patrimonio con alabanceros meridianos, que alaban al paso que mascan. Yo prestaba cuanto me pedían sobre la nota de un billete sacabocados, por ser bienquisto. Yo pagaba por todos, por ser bienquisto. En alabándome la espada, la gala, la presea, la daba por ser bienquisto; y entre la hojarasca de: «es un príncipe; no hay tal caballero ni tal mesa; no se habla en la corte en otra cosa sino en el plato; todos si no es vuesa merced, son piojosos»; y las dolencias de caballero badea, llamando despensero al lacayo y cocinero a la ama, y mayordomo a un pícaro que me servía con mesura de compañero; sólo por ser bienquisto vine a quedar sin hacienda, sin qué comer y hecho andrajos por ser bienquisto.

Hombres del mundo, no prestéis, no convidéis, no déis: pedid y agarrad, y ande el mogollón; que ser quisto no es tan bueno como ser guardoso, y ser rico es mejor que quitarse con los pidones.

No hay cosa tan cara como ser bienquisto, ni de tanta comodidad y ahorro como ser malquisto. No lleven y gruñan, no coman y murmuren; ser caballero de ayuno es gran cosa; que alabanzas pasadas por hospital peores son que un vituperio por ahorro.

Atajóle otra legumbre de la caldera, que nadaba entremetido con todo, bien descubierto; y sabido su nombre, era el Pero, fruta de los achaques y de la malicia, de quien se hace los postres a cuanto oye la calumnia: el Pero, que no deja madurar ninguna honra ni crédito. — «Doncella es, pero amiga de ventana; hidalgo es, pero no sé qué me ha oído; hombre de bien es, pero muy soberbio.» —Y este Pero no hay lenguaje que no le lleve, y los hay de invierno y de verano.

Y oyendo esto, dijo Gotero:

—Es tan agro el diablo, que me tiene hecha un vinagre la caldera, y él se está tan verde como al principio.

En esto arremetió a la caldera con un cobertor y tapóla. Preguntáronle la causa y dijo:

—Están hirviendo ahí Penseque, aquel maldito que es discreto después y advertido sin tiempo, y otro picarón que da mal sabor a toda la caldera y me tiene aturdido; que ni sabe lo que se hace, ni lo que se dice, ni lo que se caldera, y siempre responde que él ata bien su dedo, y sólo trata de atar su dedo, y que como él ate bien su dedo, le basta; y sería mejor que por loco le atase su dedo a él. Esto hace peor caldo que los mojigatos que ahí están.

Gozando de la ocasión y del divertimiento, se entraron gran cantidad de gente, de rondón, sin que nadie les dijera nada.

Preguntó a un portero el Soplón que cómo se entraban aquéllos sin dar razón, y respondió:

—Éstos son los de mi alma con la suya; y así, vienen en racimos: gente que se ofrece al infierno en vida; en viendo uno con la cabeza torcida, con un tarazón de diciplina, seguido de muchachos aunque sea mulato, hocicado de viejas aunque sea judío, obedecido de beatas aunque sea puto, luego dicen: Mi alma con la suya. Concédeseles la petición, y vienen en romería, asidos unos de otros.

Maniatado y asido, con grande alarido y empellones, que llama el Calepino de los corchetes, traían muchos espíritus malos al diablo de los ladrones: grandemente acriminaban su delito. Lucifer se mesuró, y un relator dijo:

—Señor, este diablo no sabe lo que se diabla, ni vale un diablo, y es vergüenza que sea diablo, porque no trata sino de hacer que se salven los hombres.

Estremecióse todo el tribunal en oyendo la palabra salven.

Resfrescáronse las llagas, mordieronse los labios, y dijo el supremo maldito:

—¿Y eso es cierto?

Y replicó el fiscal:

—Señor, éste no gasta el tiempo sino en hacer que roben y hurten los hombres: llévanlos a la cárcel, ahórcanlos, o, si son monederos falsos, quémanlos: predícanlos, previénenlos, confiésanse; sálvanse. Y éste no pensaba que, por la horca y por el fuego se podía ir al cielo, y en ahorcados y quemados ha usurpado infinito patrimonio a los tormentos.

—No hay que aguardar: eso no tiene respuesta —dijo el presidente.

Mas el pobre diablo (que por éste se dijo) replicó, pidiendo que le oyesen:

—Óigame —dijo a grandes gritos—, que aunque dicen: «El diablo sea sordo», no se dice por vuesa majestad.

Callaron entonces todos, y él dijo:

—Señor, yo confieso que se me salvan los ahorcados; mas recíbanseme en cuenta los otros que se me condenan por condenar a estos, y no a sus compañeros ni a sus ministros. Yo, con un ladrón que me ahorcan y se me salva, condeno al alguacil que le prendió y se suelta a sí; al escribano que escribe contra el que hurtó a uno, y no contra sí, que hurta a todos; al procurador, que le defiende menos que le imita; y al otro que le condena, no porque no haya ladrones, sino porque no haya otro; no porque no haya muchos, sino por quedar sólo a la república, que por quitar los ladrones, trae muchos otros. Sucede lo mismo que al que por limpiarse de ratones trae gatos, que si el ratón le roía un mendrugo de pan, un arca vieja, un poco de madera, un pergamino, viene el gatazo, y hoy le come la olla y mañana la cena y esotro día las perdices; y en poco tiempo suspira por sus ratones. A mí se me debe esta treta, y yo trueco un ahorcado a doscientos ahorcadores y a tres mil viejas hechiceras que van por soga y muelas y mal entendido y peor agradecido. Yo estoy cansado, encomiéndenlo a otro, que yo me quiero retirar a un pretendiente.

Diósele toda satisfacción y fradiabla como fraterna, a los acusadores, y dijéronle que no cesase, que no era tiempo de retirarse; fuera de que a un pretendiente antes era tahona que alivio.

—Yo obedeceré, mas yo me entiendo; que con un pretendiente un diablo se está mano sobre mano y la boca abierta aprendiendo diabluras dél, sin ser menester para nada. ¡Pues qué, si es pretendiente de obispado, cosa que dicen los cánones y Padres que no se deben dar a los pretendientes et nihil tale cogitantes! Es ir a recreación asistir a uno, y a la escuela de diablo, pues enseñan éstos la cartilla de demonios a todos nosotros, y allí no hay sino aprender y callar.

Allí llegaron el diablo del Tabaco, y el diablo del Chocolate, que aunque yo los sospechaba, nunca los tuve por diablos del todo. Éstos dijeron que ellos habían vengado a las Indias de España, pues habían hecho más mal en meter acá los polvos y el humo y jícaras y molinillos, que el rey Católico a Colón y a Cortés y a Almagro y a Pizarro; cuánto era mejor y más limpio y más glorioso ser muertos a mosquetazos y a lanzadas que a moquitas y estornudos y regüeldos y a vaguido y a tabardillos; siendo los chocolateros idólatras del sorbo, que se elevan y le adoran y se arroban; y los tabacanos, como luteranos, si le toman en humo, haciendo el noviciado para el infierno; si en polvo, para el romadizo.

Detrás destos dos venía el diablo del Cohecho, y este diablo tenía linda cara y talle: cosa que no en otro, y era como un oro, y me parece que le he visto en mil diferentes partes, en unas arrebozado, en otras descubierto, llamándose unas veces niñería, otras regalo, otras presente, otras limosna, otras paga, otras restitución, y nunca le vi con su nombre propio; y me acuerdo de haberle visto llamar herencia, ganancia, barato, patrimonio, reconocimiento y nada; y le he conocido en unas partes dotor, en muchas licenciado, entre mujeres bachiller, entre escribanos derechos, y entre confesores limosna.

Éste venía con grande séquito, pretendiendo título de diablo máximo; mas se lo contradijo con notable satisfacción el diablo de la Consecuencia, diciendo:

—Yo soy el enredo político y la fullería de los príncipes y el achaque de los indignos y la disculpa de los tiranos. Yo soy tintorero de las bellaquerías, que las doy color, y lo atropello y tengo el mundo confuso y revuelto. Yo he desterrado la razón y hecho mérito la porfía y poderoso el ejemplo, y he dado fuerza de ley al suceso y autoridad a la bellaquería, y acreditado la insolencia.

Para alcanzar un bellaco lo que a otro dio la iniquidad, en alegando: con otro se hizo, da un tapaboca a las consultas y a las advertencias, y a lo imposible saca de quicio; y mientras yo durare en el mundo, no hay que temer la virtud ni justicia ni buen gobierno.

Y ese diablo del Cohecho, si no le arrebozo, ¿con qué cara se entrará por unas uñas graduadas y por unas hopalandas magníficas? Calle el pícaro; que el título de máximo diablo sólo es mío.

—¿Y yo —dijo otro—, mondo virtudes como níspolas? ¿Soy de los diablos de mala muerte que se hallan detrás de la puerta? ¿conténtome con niñerías?

¿Valgo yo de embelecos de a ciento en libra? Yo soy demonio de pocas palabras: cuatro razones diré, y hable quien se atreviere. Yo el tal diablo he hecho honra el ser cornudos, gracia el ser putas, oficio el ser ladrón, ladrones los oficios.

Y, entre tantos, no hubo quien tomase la mano: todos callaron, dando lugar a un diablazo, que asido de un hablador y de un vano y lisonjero, decía:

—Déjenme entrar, que traigo. . .

—¿Qué traes? —dijo el Entremetido.

Respondió:

—Éstos dos.

—¿Quién son?

—Un hablador y un lisonjero y vano: son piezas del rey, y por eso los traigo al nuestro.

Viólos Lucifer con asco, y dijo:

—¡Y cómo, si son piezas de reyes! Mas, aunque rey y diablo y archidiablo, no gusto desta gente.

Desde lejos un demoñuelo decía:

—Príncipe, seis años ha que ando tras un ruin, y es tan ruin, que no sí cómo lo acabe de destruir, porque, de puro ruin, no es para nada ni bueno ni malo.

—¿Eso dudas? —dijo la Dueña—. y acabarás con él, y él con el mundo.

Si es ruin, ponle con honra,

—¿Dijera más el diablo? —dijo el Soplón.

Respondióle el Entretenido:

—Pues, ¿qué le falta a la Dueña?

El Soplón, que andaba en forma de cañuto aventando culpas, dio en un rincón con un haz de diablos viejos y llenos de telarañas y mohosos: dio cuenta dello; no los podían despertar, Preguntáronles qué demonios eran y a quién estaban repartidos y cómo no hacían su oficio, y respondieron bostezando que eran los diablos de los enamorados: y que desde que el dinero cayó más en gracia a las mujeres que su honor ni los requiebros, se habían venido allí, porque la moneda suplía sus faltas, y que antes embarazaban, pues una tentación de talego vale por mil de diablo, y caen mucho antes en una dádiva que una tentación, y antes consienten en un toma que en un pensamiento. Otro demonio estaba roncando y el ruido propio le acusó. Asiéronle, y preguntando cómo dormía sueño de cornudo, dijo:

—Tres días ha que me acosté. Yo soy el diablo de las Monjas, y quedan eligiendo abadesa. Y, en tratándose deso, no hay sino descuidar, que todas son diablos; y en el torno se hilan, y en las redes se ciernen; y antes estorbara yo, porque las ambiciosas tienen por punta de honra que el diablo presuma en este tiempo de hábil.

Cuando acá falte desorden y alboroto y parcialidades y bando, y si la paz se aventurare alguna vez a asomarse acá, no hay sino arrimar al infierno una elección de superiora, y no nos conoceremos todos.

—Yo soy el diablo de los Juzgamundos, de unos bellacos acechones, que tintos en políticos, son el pero de todo lo que se ordena. Bien fue mandarlo, pero se debía mirar. Bien mereció el oficio, pero... Gente que siempre acaba en peros lo que discurre.

Son unos invidiosos de buena capa, y una carcoma confitada en estado. Y como éstos para condenarse no aguardan sino que los príncipes manden algo, sus validos lo propongan o los consejos lo determinen, fiado en su maldita contradición a cuanto no ordena su malicia, me duermo, y los aguardo y los recibo, porque ellos no se duermen en venirse y en sonsacar a otros para que vengan.

Gente tan infame, que para ser bienquistos dicen mal de todos, y para tener buenos días desean a todos mal; pues como son más las desdichas que los gustos, siempre andan recibiendo parabienes de ruinas y desgracias. Bien le pareció a Lucifer esta advertencia, y por remediarlo todo y prevenir los mayores aumentos de su dominio, mando juntar las comunidades, repartimientos de sus prisiones; y obedeciendo a su señor, se vio junta una gran suma de espíritus infames.

Entonces, abriendo por boca una sima, aulló este razonamiento:

—Unión desesperada, pueblos precitos, los que cobraste en muerte los estipendios del pecado, aquí se ha pretendido entre tres demonios el título de máximo. No le he dado a ninguno, porque entre vosotros hay una diabla que lo merece mejor que todos.

Miráronse unos a otros; empezaron a discurrir con murmurio.

—No os canséis —dijo—, llamadme a la Buena dicha, que por otro nombre se llama la diabla Prosperidad.

Y luego, de lo último de todo el cónclave, salió ella muy presumida y descuidada.

Púsose delante, y en viéndola el rebelde serafín, el lucero amotinado, dijo:

—Mando que todos vosotros tengáis a la Prosperidad por diabla máxima, superior y superlativa, pues todos vosotros juntos no traéis la tercera parte de gentes al infierno que ella sola trae.

»Ésta es la que olvida a los hombres de Dios y de sí y de sus prójimos. Ésta los confía de las riquezas, los enlaza con la vanidad, los ciega con el gozo, los carga con los tesoros, los entierra con los oficios. ¿En qué tragedia no reparte todos los papeles? ¿Qué cordura, en llegando a ella, no se resbala? ¿Qué locura no crece?

¿Qué advertencia tiene lugar? ¿Qué consejo se logra? ¿Qué castigo se teme? Y, ¿cuál no se merece? Ella alimenta de sucesos los escándalos, de escarmientos las historias, de venganzas a los tiranos y de sangre a los verdugos. ¡Cuántos ánimos tuvo la miseria y el apocamiento canonizados, que en poder de la prosperidad fueron insolentes y formidables ! ¡Ah, ministros! Reverenciadla y introducidla; y las almas que se mantuvieron humildes a prueba de prosperidad, no hay perder tiempo con ellas. Escarmentad en aquel diablo necio, que para tentar a Job pidió licencia a Dios para perseguirle, empobrecerle y plagarle. ¡Gentil maña, debiendo pedir licencia para aumentarle los bienes y el descanso y la salud! Que en el mundo el que alcanza todo lo que quiere, como no echa menos a Dios para nada, aun para jurarle le olvida.

»¡ Demonios —dijo, empinando el aullido—, publíquense desde hoy los trabajos y la persecución por enemigos mortales del infierno! Son milicia de Dios y medicina de su sabiduría y dádiva de su mano. El rico dice: «Hay que comer y que guardar y que gozar.»

Y el pobre: "¡Ay, Dios mío! ¡Dios me remedie!» Y pide con Dios, y come por Dios; y al uno le llaman pordiosero, y al otro hombre sin Dios. Trabajos delos el Sumo Señor; descanso y buena ventura y felicidad, vosotros. »Item más, para encaminar el buen gobierno, os mando que ningún demonio pierda tiempo en las audiencias, tribunales y palacios, que los pretendientes y pleiteantes y aduladores y invidiosos mejor saben venir acá y traerse unos a otros, que vosotros traerlos.

»Ningún demonio se me aborrece con otra capa sino la de la comodidad, que es el calzador con que entrará a pocos estirones en la conciencia más estrecha.

»Al dinero, en todas las partes que le toparen los demonios, sin exceptar ninguno, se levanten y le den su lugar, que importa: la causa es secreta, no nos oigan las faldriqueras.

»La guerra se ha de estorbar por todos mis ministros en todas partes, que ejercita los ánimos, premia los virtuosos, ampara los valientes, aniquila el ocio nuestro amigo y acuerda de los santos y de los votos. Diablos, en todo el mundo meted paz; que con ella viene el descuido, la lujuria, la gula, la mormuración; los vicios medran, los mentirosos se oyen, los alcagüetes se admiten, las putas, la negociación; y los méritos se caen en su estado. Y no os fatiguéis mucho en enredar los hombres en amancebamientos y gustos de mujer; no hay pecado tan traidor como éste, que apunta al infierno y da en el arrepentimiento cada vez; y las mujeres se dan mucha prisa a desengañar de sí, y los que no se arrepienten, se hartan.

»Hijos diablos, asistid a mohatreros y a usuras, a venganzas, a pretensiones, a invidias, y sobre todo os encomiendo la hipocresía, que es lazo de todas las cosas y de todos los sentidos y potencias; que no se siente ni se conoce ni se rehúsa, y se premia y se adora.

»Y, sobre todo, acreditadme los chismes con los poderosos, y veréis lo que hacen y lo que padecen, y cuál ponen el mundo y adónde van a parar.

»Y esos emperadores y esos ministros no se juntan más, y cada uno pone para sí mismo.

»Los filósofos y los tiranos están donde se oigan y se atosiguen, los unos con oprobios y los otros con sentencias.

»Los soplones sirvan de fuelles, y no de abanicos; aticen y no refresquen.

»Los entremetidos sean piojos del infierno, y coman a quien los cría, y hagan ronchas en quien los sustenta.»

Y mirando a la Dueña, dijo:

—¿Dueñas? Déselas Dios a quien las desea: mirando estoy adónde las echaré.

Los demonios y condenados, que le vieron determinado a ruciarlos de dueñas, empezaron todos a decir:

—Por allá, por acullá; dueña, y no por mi casa.

Escondíanse todos y bajaban las cabezas, viéndose amagar de dueñas.

Viendo este alboroto y temor, dijo:

—Ahora esténse así, y juro por mí y por mi corona, que al diablo que se descuidare en lo que he mandado, y al condenado que más despreciare mis órdenes, que le he de condenar a dueñas sin sueldo.

Esténse varadas en ese zahurdón, y condenaré a los diablos a dueñas como a galeras.

Con esto desaparecieron todos, atemorizados del castigo; y Lucifer se retiró a su antigua noche, dejando a su familia horror, a sus estados leyes y a los hombres advertencia, que, si fa logramos, podremos decir que tal vez es medicina el veneno.